443

FELICIA,

TOME SECOND.

FELICIA

OU

MES FREDAINES,

ORNÉ

de Figures en taille-douce.

La faute en est aux Dieux qui me firent
si folle.

DEUXIEME PARTIE.

A LONDRES.

FELICIA,

OU

MES FREDAINES.

SECONDE PARTIE.

CHAPITRE PREMIER.

*Dont on saura le contenu, si l'on
prend la peine de le lire.*

— J'en suis fâché, (me dit le
Censeur dont il est fait mention

O 3

au commencement de cet ouvrge,
& à qui j'en communiquai la première partie avant d'entreprendre
celle-ci;) j'en suis fâché. Cela
ne prendra point. Vous ne savez
donc pas que vous n'intéressez personne ? Que vous vous peignez, telle
que vous êtes, avec une franchise
qui vous fera le plus grand tort ?
Qu'on n'aime point à voir une
jeune - fille courir éfrontément au-
devant des moindres occasions de
raconter les folies d'autrui, &
d'en faire elle - même ? Qu'il est
reçu que votre sexe doit combattre,
& tout au plus se rendre à la
dernière extrémité ? Que les gens
qui seraient le moins - capables de
filer le parfait amour, soutiennent
cependant que le plaisir n'est
plaisir qu'autant qu'il a coûté des
peines, & que ce sont les obstacles
seuls qui donnent à la jouissance
un véritable prix ? Taisez - vous,
mon cher Marquis, répondis - je,
avec toute l'impatience d'un Auteur

dont on critique les chères pro-
ductions :) vous voyez mon Ouvrage du mauvais côté. Je ne me
propose point d'intéresser --- Tant-
pis. --- Je ne quête pas non - plus
des éloges ; ma conduite n'en
mérite point : quand j'ai réussi à
me rendre heureuse de moment
en moment, j'ai tiré tout le fruit
que je pouvais attendre de mon
système. Je ne cherche point à
faire secte. --- On croirait que
vous y visez. --- Il y eut de tout
temps des femmes de mon acabit ;
j'en ai de contemporaines, la pos-
térité n'en manquera pas. Etre
plainte n'est pas non - plus mon
objet : le destin m'a constamment
favorisée. --- Il est vrai. --- Pour
gagner de l'argent, enfin ? Si j'en
avais besoin, n'ai - je pas à mon
âge, & faite comme je le suis, des
ressources plus agréables, plus
sûres que celles de mettre du noir
sur du blanc. --- Tout cela est
bel & bon : mais alors pourquoi

prendre la peine d'écrire ? — La peine ! je vous ai déja dit que c'était un plaisir pour moi. Je me plais à garantir de l'oubli , des folies dont le souvenir m'est cher. Si par occasion quelqu'un peut en être amusé ; si quelque femme de mon caractère , mais trop timide , se trouve enhardie , par mon exemple , & tranche les dificultés ; si quelqu'autre , attaquée par des Béatins , aprend à s'en méfier & à les berner ; si quelque mari , prêt à se formaliser pour une aigrette , rougit d'avoir donné quelque importance à cet accident , & se pique d'imiter le sage Sylvino ; si quelque Céladon renonce *aux grands sentimens* & se soustrait au ridicule des passions , prenant pour modèle certain Chevalier , dont vous ne devriez pas condamner le systême ; si enfin , quelque aimable bénéficier aprend de mon Prélat , que malgré l'habit ecclésiastique on peut aimer les femmes , & s'arranger avec elles sans se compromettre dans l'esprit des honnètes gens ; ce seront autant d'accessoires agréables à la satisfaction que je m'étais promise de mon grifonnage. Au surplus, qu'il scandalise les prudes & les dévots ; ou qu'il n'ait pas assez de gros sel pour certains débauchés crapuleux, c'est de quoi je ne me soucie guères. Quant aux Lecteurs avides de ces Romans enchevêtrés qui ne peuvent souvent se dénouer que par des miracles, qu'ils retournent à la Clélie & aux ouvrages du même genre que l'on a fait depuis ; il ne faut pas que ces gens-là s'amusent à lire des histoires véritables. On ne sait que me répondre : c'est que j'avais raison.

CHAPITRE II.

Où, & chez quelles gens nous arrivons.
Portraits.

AU dernier endroit où l'on prenait des chevaux, avant d'arriver à notre destination , nous trouvâmes quelqu'un d'aposté de la part de Monseigneur , pour nous conduire à une maison de campagne peu éloignée , où Sa Grandeur nous attendait. Il était question de nous faire faire connaissance avec quelques personnes qui devaient nous rendre service dans notre nouveau séjour.

LA maison où nous allions était celle d'un vieux Président, qui toute sa vie avait fait profession de protéger les Arts & les Artistes.

Nous jugeâmes le personnage au premier coup d'œil, lorsqu'il se présenta sur le perron de son vestibule pour nous recevoir ; & pendant qu'il tendait galamment à Sylvina une main ridée, le Chevalier, Lambert & moi, fîmes *chorus* de nos regards, pour nous dire : *voici d'abord un original.*

Le Chevalier m'aida à descendre. Lambert fut accueilli par Monseigneur, qui lui dit mille choses honnêtes sur sa complaisance & sur les avantages qu'on ne manquerait pas d'en retirer. Lambert, tout en répondant avec beaucoup de politesse, ne laissait pas de jeter des regards étonnés sur une façade bizarre & surchargée d'ornemens du plus mauvais goût. Monseigneur souriait de la surprise de l'Artiste. En - éfet, l'on avait exprès dépensé beaucoup d'argent & pris bien de la peine pour construire un fort laid édifice. Nous traversâ-

mes deux pièces où nous vîmes
beaucoup d'hommes & parvînmes
enfin à celle où les Dames nous
attendaient. A notre aspect, Madame la Présidente fut assez heureuse pour mettre un - moment
debout ses trois quintaux de graisse ;
puis elle retomba lourdement dans
sa bergère. Une grande Demoiselle
que le Président nomma *ma fille
Eléonore*, nous fit un compliment
précieux. Monseigneur présenta
Lambert & dit le premier des
choses passables ; car, ni Madame
la Présidente, qui balbutiait, ni
Mademoiselle Eléonore, qui dé-
clamait, ni M. son père, qui parlait
pour quatre, ni Sylvina, un peu
embarrassée, ni le Chevalier &
moi, qui mourions d'envie de rire,
ni quelques spectateurs, qui semblaient émerveillés de voir des
jolies femmes de Paris, n'avaient
encore commencé de lier un entretien raisonnable.

ENFIN , après que Monseigneur
eût présenté Lambert, ce fut le
tour du Chevalier; Madame la
Présidente lui fit un accueil infi-
ment gracieux & minauda même
avec assez de succès. Quant à *ma*
fille Eléonore, elle eut, en lui
parlant, les yeux baissés, les deux
mains réunies devant elle sur un
bout d'ouvrage, & les reins à-
moitié pliés pour se rasseoir aussi-
tôt que sa politesse de devoir
serait expédiée. J'aperçus, en même
temps, un grand sot, qui, la
bouche béante & les yeux très-
ouverts sur Mademoiselle Eléonore,
semblait s'apliquer à peser ses
paroles. Quand elle fut assise, &
le Chevalier à sa place, cet homme
respira ; je conjecturai que la ré-
serve outrée avec laquelle on
venait de parler au Chevalier,
avait son objet, & que c'était sans-
doute un sacrifice que Mademoiselle
Eléonore venait de faire à l'écou-
teur.

II. Part. P

Je suis minutieuse, & ne puis me corriger de ce défaut, qui conduit à la prolixité. Il faut que je trace le portrait de cette Demoiselle Eléonore. C'était une belle fille, un - peu brune à la vérité, mais pourvue des attraits que comporte cette couleur. Une stature au - dessus de la médiocre, des yeux beaux, mais durs; une bouche dédaigneuse & déplaisante, quoique réguliérement bien formée. La taille était ce qu'on avait de mieux, mais un maintien guindé, théâtral en diminuait l'agrément. En tout, Eléonore était une de ces femmes dont on dit, *pourquoi ne plait-elle pas ?*

Je vais dire aussi quelle figure avait à-peu-près M. le Président. Cet homme que le feu d'un demi-génie fort actif avait desséché, ressemblait beaucoup à une momie habillée à la Française. De grands traits chargés, de gros yeux brus-

ques, saillans, bordés de fossés
creux; une bouche platte, un nez
aquilin & un menton pointu, qui
semblaient regretter de ne pouvoir
se baiser, donnaient au personnage
une physionomie folle, mais spiri-
tuelle & passablement bonne; &
sans un ridicule frapant dont cet
honnête Président était verni de
la tête aux pieds, on se fût accou-
tumé volontiers à sa pittoresque
laideur.

CHAPITRE III.

Ridicules.

QUOIQU'IL fût presque nuit,
quand nous arrivâmes, (les jours
étant les plus courts de l'année) à-
peine eûmes-nous respiré un quart
d'heure, que le Président, pressé
de faire admirer à Lambert sa

belle maison, traîna cruellement
cet Artiste, Monseigneur, le Chevalier, & d'autres assistans, par
tous les apartemens, les caves,
greniers, remises, écuries, jardins,
serres, chenils, &c. Cette visite
dura près d'une heure; après quoi
Monseigneur, morfondu, monta
dans sa voiture & fut coucher à
la ville. On nous retint jusqu'au
lendemain. En attendant le soupé,
il fallut jouer.

DANS cette maison chacun
avait ses prétentions : Madame la
Présidente, qui se piquoit d'être
une femme au-dessus des femmes,
se mêlait de tout ce qui supose
un esprit solide & de combinaison.
Elle regardait les Arts en général
comme d'agréables futilités, dont
elle ne concevait pas qu'on pût
s'occuper, au-point, par exemple,
que le faisait M. le Président.
Mais en revanche, elle avait un
goût décidé pour les choses abs-

traites , se mêlait de mathématiques
& même d'astronomie. Par une
suite de ces idées , elle ne jouait
que l'Ombre , le Trictrac & les
Échecs , parce qu'ils sont savans
& sériéux ; tous les autres étaient
au-dessous d'elle & ne pouvaient
amuser que des femmelettes. Je
compris que c'était ordinairement
M. le Président lui-même ou le
grand garçon, que j'avais vu *respirer,*
qui faisait la grave partie de Madame
la Présidente : mais comme on
aime à faire diversion quand l'occasion s'en présente , Lambert ,
qui à propos d'échecs était mal-
adroitement convenu qu'il y savait
jouer, eut pour cette soirée l'honneur & l'ennui d'être préféré. Deux
visages obscurs firent , avec M.
le Président , un piquet *à cul-levé.*
Je fus d'un vingt-un avec Made_
moiselle Eléonore , Sylvina , le
Chevalier & l'homme qui respirait.
Nous aprimes pendant la partie
que celui-ci se nommait M. Caffa.

dot , & qu'il était gentilhomme-
braconnier ; car Mademoiselle Eléonore lui fit beaucoup de questions
relatives à la chasse ; *cet amusement noble*, disait-elle , *ce délasse-
ment des héros* , qui cependant n'é-
tait pour M. Caffardot que celui
d'un imbécille. On vit clairement
que ce maussade personnage était
très - amoureux de Mademoiselle
Eléonore , & que celle - ci voulait
le bien traiter. Elle ne parlait
qu'à lui , ne nous adressant la
parole que lorsque le jeu l'exigeait
indispensablement. C'était sur-tout
du Chevalier qu'elle ne faisait aucune mention ; il ne fut pas assez
heureux pour obtenir un seul
regard de cette fière beauté , tant
que dura la partie,

ENFIN on soupa. De gros plats
en profusion , des entremets surannés , des vins médiocres , un fruit
mal rangé , tel était le repas que
le bon Président ofrait ,cependant

assez agréablement pour qu'on lui
en fût bon gré : Madame la Présidente servait avec les graces dont
son prodigieux embonpoint la rendait susceptible. Eléonore , assise
près du Chevalier , avait l'air
d'être en pénitence. M. Caffardot,
mon voisin , ne me regardait non
plus que si j'eusse été un basilic.
Le Président faisait assaut de
connaissances avec Lambert : je
dis mal , celui-ci n'ouvrait pas
la bouche. C'était le premier qui
parlait seul , à tort à travers ,
architecture , sculpture , peinture ,
musique : la musique sur - tout ,
était son grand cheval de bataille :
il avait été l'une des plus fameuses
basses de viole de son temps , & ,
de plus , un chanteur distingué.
C'était à lui que Mademoiselle
Eléonore devait le talent du chant
qu'elle possédait au suprême degré.

» Vous allez en juger, dit-il ;
» voyez Mesdames , je suis un

» amateur juré, & n'ai point les
» petitesses de ceux qui ne le sont
» qu'à - demi ; je sais que nous
» avons le bonheur d'avoir avec
» nous une chanteuse incomparable,
» & je m'en raporte bien au goût
» éclairé de Monseigneur qui nous
» l'a choisie ; mais n'importe, je
» suis sans amour - propre, ainsi
» qu'Eléonore, & je vais la faire
» chanter comme si il n'y avait
» ici personne qui l'éfaçât : elle
» a d'abord le mérite de ne se faire
» jamais prier. »

CETTE complaisante Demoiselle
qui ne se faifait jamais prier, ne prit
pourtant qu'au bout d'un quart
d'heure la peine de chanter... *Et
quoi ! Pourquoi me refuser le plaisir
de te voir*, &c. Ce superbe morceau
tant admiré des partisans *du beau
genre Français* ; cette pierre de
touche du vrai talent du chant....
Le premier cri d'Eléonore nous

fit faire à tous un mouvement
sur nos siéges. Le Président nous
croyant déja saisis d'admiration ,
nous disait d'une mine : Eh bien ?
Vous ne vous attendiez pas à des
sons comme ceux-là ? --- Assurément , M. le Président , personne
ne s'y attendait. --- Le récit traînant était encore enrichi de stations ,
de dévelopemens de voix , que
le cher papa , transporté , prenait
soin d'encourager en ouvrant la
bouche , ou de prolonger en apuy-
ant un doigt sur la table.... L'impression que me faisait le fatal
morceau & sur-tout la manière de
l'exécuter , faillit dix fois à me
faire quitter la place.... Quel
triomphe c'eût été pour l'inimitable cantatrice ! J'y pensai à propos ; autrement j'aurais pu faire ,
pour le salut de mes oreilles , .a
plus mal - adroite impolitesse....
Le Chevalier , pour marquer plus
de recueillement dans cette importante occasion , cachait son visage

dans sa serviette. Lambert avait
l'air de soufrir d'un grand mal de
tête. Sylvina se composait un peu
mieux. Le détestable air finit enfin.
Alors tout le monde se ruina en
aplaudissemens ; quant à moi,
soulagée, enfin, j'eus autant que
personne l'air d'être fort contente.
Le Président ne tarit plus sur la
musique & sur l'indulgence des
gens à vrais talens, &c. &c. Heureusement il ne lui vint pas dans
l'idée de me demander un échan-
tillon du mien.

Aussi fatigués du bavardage
du pere que nous venions d'être
excédés du chant de la fille, nous
nous tordions la figure pour con-
contraindre des bâillemens dont
nous sentions l'incivilité ; Madame
la Présidente, qui s'en aperçut,
les attribua, par bonheur, au besoin
de reposer. Elle interrompit les
belles choses que débitait son
époux, & dit, qu'il était temps

de laisser aux voyageurs la liberté
de se retirer ; attention dont nous
lui sûmes, pour plus d'une raison,
un gré infini.

CHAPITRE IV.

*De Thérèse & des confidences qu'elle
me fit.*

LA maison de plaisance de M.
le Président pouvait être un chef-
d'œuvre d'architecture, mais elle
était si peu logeable qu'après un
apartement somptueusement mal
décoré, qu'on donnait à Sylvina,
il n'y avait plus que celui de
Mademoiselle Éléonore qui pût
recevoir une femme à qui l'on
voulait faire quelques façons. M.
le Président trouvant aparemment
que j'en valais la peine, délogea

sa chere fille en ma faveur, ce qui occasionna d'étranges qui-pro-quos. On dit bien vrai que les plus grands événemens dérivent souvent des plus petites causes.

Comme une fille bien élevée doit être jour & nuit sous la garde de quelques Argus, il y avait deux lits dans l'apartement qu'on me cédait. Notre femme-de-chambre devait occuper le second. Thérèse, c'est ainsi qu'elle se nommait, était entrée chez nous quelques jours avant notre départ : c'était une grande fille bien faite, extrêmement jolie, active & d'a-gréable humeur. Nous la tenions du valet - de - chambre de Monsei-gneur ; elle était de la ville où nous allions. Souhaitant de revoir sa famille, & sachant notre pro-chain départ, elle s'était fait re-commander par Sa Grandeur elle-même. Ce visage-là nous avait plu d'abord. On voyait bien que

Thérèse

Thérèse n'était pas une vestale ;
elle avait même l'air de quelque
chose d'absolument diférent ; mais
cela nous était égal. Elle coëfait
supérieurement & faisait des chifons
avec beaucoup de goût & de pro-
preté.

— » Que pensez - vous de nos
» hôtes, Mademoiselle (me dit-
» elle, avec un ris malin, en me
» coëfant de nuit,) ne trouvez-
» vous pas que ces gens-là ne
» ressemblent à rien, & que le
» plaisir de les voir vaut bien la
» peine de venir exprès de Paris ? »
Je trouvai la question singulière
& n'y répondis qu'en souriant.
Elle continua. » Vous ne savez peut-
» être pas, Mademoiselle, qu'ici
» je suis en péis de connaissance ?
» J'ai servi trois ans dans cet hô-
» pital de foux, & . . . si vous
» vouliez me promettre de ne me
» trahir jamais . . . je vous conterais
» des histoires qui vous réjouiraient

II. Partie.   Q

» à coup sûr... Mais pourait-on
» se fier à Mademoiselle ? elle est
» si jeune, & il y a si peu de temps
» que j'ai l'honneur de la servir ?
— Va ton chemin, Thérèse, tu
peux sans rien craindre me confier tout ce que tu voudras ; je
brûle déja de savoir à-fond ce
qui regarde ces originaux : compte
sur un secret inviolable : tu as donc
des choses bien divertissantes à me
conter de ces gens-là ? — Mademoiselle, vous allez en convenir.

» Quand j'entrai en condition
» dans cette maison, (il y a
» déja cinq ans) j'étais encore
» fort jeune : M. le Président m'a-
» vait tirée d'une boutique de
» modes, où j'étais apprentive.
» Ma maîtresse me persuada que
» je serais fort heureuse ; en-éfet,
» M. le Président me combla d'a-
» mitiés. Bientôt il fit plus, il me
» parla d'amour ; il me donna bien
» de l'embaras, car cet homme est

» un vrai satyre. Il aime les femmes
» à la fureur. On dit même qu'il
» ne dédaigne pas les garçons ; il
» a toujours quelque petit laquais
» mignon. . . . Mais qu'il s'arrange.
» Il ne faudra pourtant pas vous
» scandaliser, Mademoiselle : il y
» aura peut-être dans ce que je
» vous dirai des choses... — Dis,
» ma chère Thérèse, je suis très-
» dificile à scandaliser. Poursuis.
» — De tout mon cœur. » Pen-
» dant que M. le Président était
» comme un diable après moi, &
» se faisait abhorrer, je gagnais
» insensiblement les bonnes graces
» de Mademoiselle Eléonore, &
» je lui devins attachée de si
» bon cœur que malgré les persé-
» cutions de son insuportable père,
» je résolus de demeurer unique-
» ment à-cause d'elle. Nous de-
» vînmes, à la longue, très-bonnes
» amies ; elle me confia ses afaires
» les plus secrètes & entr'autres
» que depuis près d'un an, elle

» soutenait une intrigue avec un
» certain jeune Officier. Une vieille
» guenon de femme de charge pré-
» posée pour veiller de-près sur
» Mademoiselle Eléonore , gênait
» extraordinairement leur amour.
» Je fus priée de m'y intéresser.
» Mais vous allez voir à quel point
» Mademoiselle Eléonore a l'esprit
» faux. Ce qu'elle imagina fut de
» me prier de prendre sur mon
» compte l'inclination de l'Officier;
» de me laisser apercevoir, lui
» parlant & lui faisant même des
» agaceries : de le recevoir en un
» mot , & de leur prêter quelque-
» fois mon petit réduit. Cet amant
» devait épouser quelque jour ;
» mais ce ne pouvait être qu'après
» la mort d'un oncle , qui n'avait
» encore que cinquante-cinq ans ;
» pas la moindre infirmité ; gaillard
» encore , de plus militaire enthou-
» siaste & capable de casser bras
» & jambes à son cher neveu,
» s'il l'eût soupçonné d'en couter

» pour le mariage à la fille d'un
» Président de province. »

» Sans vouloir dépriser Made-
» moiselle Eléonore, je puis croire
» que je la vaux, tout au moins
» pour la figure ; j'étais plus jeune :
» car, entre nous soit dit, elle a
» six bonnes années de plus que
» moi ; & elle est par fois quin-
» teuse & maussade. Son Officier,
» qui n'était pas amoureux à per-
» dre la tête, finit par s'ennuyer
» de tant de haut & de bas, il
» avait souvent occasion de passer
» des heures entières tête-à-tête
» avec moi, qui suis d'une hu-
» meur tout-à-fait opposée à celle
» de Mademoiselle Eléonore. Il
» était joli, frais, entreprenant. Le
» Président me rebattant sans cesse
» les oreilles du doux plaisir qu'on
» goûte en faisant des heureux,
» fortifiait en moi le désir d'é-
» prouver, mais avec un autre
» que lui, si c'était en-éfet quel-

Q 3

» que chose de si satisfaisant,
» Mon Officier ne manqua pas de
» s'apercevoir du bien que je
» commençais à lui vouloir : s'il n'o-
» sait m'avouer qu'il me désirait
» aussi , c'est qu'il craignait que
» je ne le trahisse auprès de Ma-
» demoiselle Eléonore. Qu'il était
» novice ! Il ne savait donc pas
» que jamais une femme ne se
» joue elle-même un mauvais tour,
» & qu'elle ne manque point d'en
» jouer un à sa rivale quand elle
» peut. En-éfet, un jour le feu
» prit aux étoupes. Le galant
» fit en ma faveur la plus grave
» infidélité possible à sa maîtresse.
» Nous nous en trouvâmes si bien
» l'un & l'autre que nous con-
» vînmes de nous occuper sérieu-
» sement des moyens de tromper
» ma rivale ; ce qui n'étoit pas
» absolument difficile, vu la tour-
» nure romanesque de son esprit
» & la prodigieuse dose qu'elle
» avait d'amour-propre.

CHAPITRE V.

Suite des confidences de Thérèse.

» IL y a des femmes que l'indi-
» férence rebute & qui ont assez
» de sentiment pour rompre aussi-
» tôt qu'elles ont lieu de croire
» qu'on ne les aime plus. Mais
» malgré toute sa dignité postiche,
» Mademoiselle Eléonore n'est pas
» de ces femmes - là. Il semblait
» que plus son Officier la dédai-
» gnait, plus elle s'acharnait après
» lui. Il est vrai que le fripon
» avait poussé les choses un - peu
» loin. La dot d'Eléonore n'étant
» pas à dédaigner, il avait tâché
» de s'assurer la possession de sa
» conquête par le seul moyen que
» lui laissait le caractère de l'oncle
» *anti-robin.* En un mot il avait

» engrossé Mademoiselle Eléonore.
» Mais une chose fort mal-honnête
» de la part de cet étourdi, c'est
» qu'il me mit dans le même cas,
» moi qui n'avais point de dot
» & qu'il aurait dû ménager pour
» son propre intérêt. Ma maîtresse
» n'avait qu'un mois d'avance sur
» moi. Je commençais à-peine à
» être sûre de mon fâcheux état,
» que notre faiseur d'enfans fut
» obligé de rejoindre son régiment
» qui s'embarquait pour l'Amé-
» rique ; il était en retard. Au
» dernier moment il prit la poste,
» & vôla : mais son excessive di-
» ligence lui valut une pleurésie
» dont il mourut.

» Imaginez, Mademoiselle, l'em-
» baras des deux veuves ! Nous
» nous le cachâmes cependant ré-
» ciproquement & songeâmes cha-
» cune de notre côté à nous tirer
» d'affaire. J'avais une ressource
» assurée, c'était de lâcher un

» peu la bride à M. le Président
» qui n'aurait pas manqué de
» donner tête baissée dans le pan-
» neau. Mais ce vilain homme me
» répugnait si fort que je ne pus
» prendre sur moi de me donner
» à lui. Ce M. Caffardot, avec
» qui vous avez soupé, faisait de-
» puis long-temps une cour res-
» pectueuse à ma maîtresse. Il
» avait tâché de me mettre dans
» ses intérêts par de petits pré-
» sens mesquins, & je le servais
» tout-au-mieux depuis notre
» arrangement avec l'Officier. Il
» y avait donc entre nous un com-
» merce d'amitié. Si ce grand flan-
» drin-là n'était pas si bête, &
» s'il n'avait pas reçu une éduca-
» tion bigotte qui fait qu'à son
» âge il est plus novice qu'un
» enfant de sept ans, vous verriez,
» Mademoiselle, qu'il serait mieux
» que bien d'autres. Il est assez
» bien bâti, n'est-ce pas ? Ses
» traits sont passables, & cela

» paraît avoir de la santé. Je crus
» celui-ci de beaucoup préférable
» à M. le Président pour l'exécu-
» tion de mon projet. J'imaginais
» que quelques avances suffiraient
» pour m'attirer, de la part du
» nigaud, des propositions que
» j'aurais bien-vite agréées ; alors
» il eût bien fallu qu'il se chargeât
» de mon posthume ; mais, si
» Mademoiselle Eléonore, qui s'en
» proposait autant, ne put faire
» enfreindre à Caffardot son vœu
» rigoureux de chasteté, quoi-
» qu'il fût très-épris, & que,
» par mes soins, il passât toutes
» les nuits quelques heures avec
» elle ; il ne faut pas s'étonner
» de ce qu'il ne voulut jamais ré-
» pondre à mes agaceries. Vous
» l'avouerai-je, Mademoiselle,
» cette résistance convertit en
» véritable désir ce qui d'abord
» n'était que dessein de convenance.
» Je fus piquée de me voir traitée
» avec indifférence par un sot, pour

» qui je faisais beaucoup ; car il
» m'arivait souvent de le recon-
» duire presque nue & de m'en-
» veloper en cet état dans son
» manteau, sous prétexte du froid ;
» mais en-éfet, pour lui faire
» sentir de bien près la douce châ-
» leur & la fermeté de mon em-
» bonpoint. Je luis parlais sans-
» cesse du bonheur qu'avait Ma-
» demoiselle Eléonore de posséder
» un cavalier aussi aimable. --- Que
» faites-vous donc pendant de si
» longs momens que vous passez
» ensemble, (lui dis-je, une nuit
» que je le retenais sous prétexte
» de laisser un-peu tourner la
» lune, dont les rayons donnaient
» précisément sur la porte par la-
» quelle il devait se retirer) ? Vous
» faites sans-doute bien des folies
» avec ma maîtresse ? Moi ! --- Oh
» pour cela non ! Avant que le
» Seigneur me permette de jouir
» légitimement de Mademoiselle
» Eléonore, quand elle se livrerait

» à moi, (ce qui est très-éloigné
» de ses sentimens chrétiens,) je
» ne voudrais assurément pas pro-
» fiter de sa faiblesse. --- Mais,
» si elle vous tenait des propos
» bien tendres.... qu'elle vous
» embrassât.... comme cela ; en
» vous disant, *mon cher Caffardot,*
» *je meurs d'amour pour toi, tu es*
» *adorable...* --- Finissez donc ,
» Mademoiselle Thérèse ! Fi ! Em-
» brasse - t - on ainsi les garçons ?
» --- Puis il crachait & essuyait
» ses lèvres avec un air d'humeur.
» Ma foi , Mademoiselle , après
» cette premiere démarche , je
» n'avais plus rien à ménager ;
» faisant donc semblant de pour-
» suivre un rôle de comédie &
» parlant toujours au nom d'Eléo-
» nore , je poussai l'égarement jus-
» qu'à défaire deux boutons...
» mais contre mon attente , trou-
» vant là quelque chose d'inanimé ,
» je vis échouer mes chères espé-
» rances.... --- En - vérité , Ma-

» demoiselle Thérèse, (interrom-
» pis - je,) vous étiez une grande
» coquine. --- Que voulez - vous ,
» Mademoiselle , repliqua - t - elle
» sans trop se déconcerter! une
» pauvre fille qui est dans le cas
» de placer un enfant , & qui
» meurt d'envie de ce qui en fait
» faire , perd aisément la tête. C'est
» la misère qui fait voler sur les
» grands - chemins.

Enfin donc , je ne vins à-
» bout de rien: je vis l'instant où
» mon vilain crierait à la violence
» & me donnerait des coups de
» poings. Je voulus alors changer
» de rôle , & lui dis, afin de la
» radoucir , que je rendrais compte
» à Mademoiselle Eléonore de sa
» fidélité, dont j'avais seulement
» voulu m'assurer pour savoir si
» je pouvais me mêler honnêtement
» de leur intrigue. Mais le butor
» prit la chose tout - à - fait du
» mauvais côté ; il ne manqua

II. Part.   R

» pas de conter mon entreprise à
» Mademoiselle Eléonore , qui ,
» sous un prétexte frivole, me fit
» mettre honteusement à la porte.

» POUR me venger, j'apris par
» une lettre à M. le Président
» tout ce que je savais , & de
» l'intrigue avec l'Officier, & de
» celle avec Caffardot. Mais il y
» a grande aparence que le pere ,
» qui n'est pas fort délicat sur
» l'honneur (& qui fait bien, car
» il est rare dans sa maison); je
» pense, dis - je, que ma lettre
» força Mademoiselle Eléonore de
» tout avouer à son écervellé de
» père, qui la seconda de son
» mieux, pour que leur honte
» demeurât secrette. Heureusement
» j'ignorais alors que Mademoiselle
» Eléonore fût grosse ; sans quoi,
» je n'aurais pas manqué d'aug-
» menter, de cette grave circons-
» tance, ce que je me plaisais de
» publier par - tout. Je me rendis si

» odieuse par mes médisances que ,
» menacée d'être renfermée à la
» sollicitation du Président , & de-
» vant d'ailleurs songer à mes
» couches , je m'en fus à Paris ,
» où je savais qu'une jolie fille
» trouve aisément des ressources
» & de l'apui contre les tentations
» des petits persécuteurs. »

CHAPITRE VI.

Méprise de M. Caffardot.

QUOIQUE je ne haïsse pas les
médisances , parce que , pour l'ordinaire , elles amusent ; néanmoins
celles de Thérèse me choquèrent
un - peu ; sa hardiesse m'étonnait.
Je lui demandai comment elle avait
osé venir dans une maison où elle
ne devait point être à son aise ,
tandis qu'il eût dépendu d'elle de

R 2

pousser jusqu'à la ville, où, sachant ses raisons, on lui aurait volontiers permis d'aller nous attendre? — Moi, Mademoiselle! (répondit-elle avec vivacité;) j'aurais manqué cette occasion de voir & d'embarrasser ces vilaines gens! Tout mon chagrin est de n'en avoir pas été remarquée, & de penser qu'ils ignorent peut-être encore qu'ils donnent l'hospitalité, cette nuit, à leur plus mortelle ennemie. Je leur en veux à tous. Soyez assurée, Mademoiselle, que je me vengerai tôt ou tard d'Eléonore, & sur-tout de ce plat imbécille de Caffardot: il passera par mes mains, je vous le jure.... Et il s'en repentira. Ce singulier entretien nous conduisit jusqu'au moment d'éteindre les lumières: nous nous mîmes au lit.

JE commençais à m'endormir quand Thérèse debout vint me tirer doucement par le bras, & me dit:

--- Voulez-vous, Mademoiselle, être témoin d'une bonne scène ? Levez-vous, s'il vous plaît ; enve-lopez-vous chaudement, & suivez-moi près de la fenêtre : le tendre Caffardot est dans le jardin. Il vient de faire le signal ordinaire, croyant sans-doute sa chere Eléonore dans cet apartement. Il faut nous divertir aux dépens du nigaud. Pour Dieu, levez-vous, & venez nous écouter.

UNE espiéglerie de cette nature avait pour moi trop d'attraits, & le ridicule du personnage promettait trop, pour que la crainte d'un peu de froid me fît rejeter la proposition. Je m'arangeai de mon mieux & fus me placer. Thérèse entr'ouvrit la croisée. Puis il y eut entr'elle & Caffardot l'entretien que je vais raporter.

--- » Est-ce-vous, adorable Eléonore ? --- Oui, mon cher

Caffardot, c'est moi. C'est votre amante qui vous défend de lui donner jamais aux dépens de votre santé des témoignages d'un amour... dont elle a déjà reçu tant de preuves, que son sensible cœur en est à-jamais pénétré de reconnaissance. --- Ah, ma belle Demoiselle, que cet aveu m'enchante !.. Mais, dites-moi, n'avons-nous rien à craindre de la part de votre femme-de-chambre ? Est-elle bien endormie ? --- Oui, mon cher ami, elle est déja profondément ensévelie dans le néant du sommeil ; & si je n'y suis pas encore moi-même, c'est que je pensais à l'amant que j'adore, & qu'un doux pressentiment de sa galanterie suspendait sans-doute l'époque de mon assoupissement...

L e galimatias de Thérèse, imitation nécessaire à la vraisemblance du rôle qu'elle avait à soutenir, manqua de me faire éclater. La fausse Eléonore me serra la main; je me contraignis.

ELLE ajouta : --- Puis-je proposer à mon tendre ami de monter, au-lieu de se morfondre au jardin ? J'ai peine moi-même à suporter ici les injures d'une bise irritée. ... Venez, mon cher tout, venez avec assurance... --- Oh mais, Mademoiselle ! --- Vous hésitez ? Cette retenue m'aflige à-l'excès. Mon bon ami peut-il, après tant de semblables entrevues, pousser plus loin que moi-même la crainte de me compromettre ? --- J'entends bien Mademoiselle.... mais... --- Serais-je digne d'un amant délicat, si par quelque imprudence j'exposais ma vertu, ma réputation, à la moindre souillure ? --- Je ne dis pas que cela soit, Mademoiselle.... Mais... c'est que voyez-vous.... la jeunesse ... Et moi... au bout du compte... qui sens bien.... car,

je suis de chair comme un autre,
&... quand le diable tente....
Si cependant vous voulez absolument... Mais, si vous permet-
tiez... --- Allez , amant sans
estime ; je reconnais à vos indignes
soupçons le peu de fond que vous
faites sur l'honneur d'Eléonore.
Oubliez-la ; ses yeux se dessillent ;
elle retire sa foi, reprenez la vôtre ,
& que toute liaison cesse entre
nous.

Après ce congé burlesque,
donné avec la dignité ridicule
d'une mauvaise actrice de tragédie,
la feinte Eléonore referma la croisée, sans daigner écouter ce qu'on
put lui répliquer. Nous rîmes
comme des folles en rentrant dans
nos lits. Je crus qu'il n'y avait
plus qu'à me rendormir.

Mais point du tout. Peu de
momens après, Caffardot, inquiet
de sa disgrace , prit sur lui,

(malgré le danger qu'il pouvait
courir) de venir trouver la fausse
Eléonore. Il frapa doucement.
» --- L'entendez-vous, Mademoi-
» selle, (dit aussi-tôt Thérèse
» en se levant?) Mademoiselle,
» le voilà.... Le laisserons-nous
» entrer?...» --- Je fus sourde.
En-conséquence Thérèse me crut
rendormie & fut ouvrir la porte
mal-graissée, qui fit du bruit.
Cependant Caffardot fut introduit.
Un moment après, pour les mettre
à leur aise & pouvoir jouir de
ce qui allait se passer, je fis
semblant de roufler à petit bruit.

JE suprime, de-peur d'ennuyer,
un long entretien préparatoire, où
la fausse Eléonore s'arrangeait
tout au mieux pour *faillir* sans
perdre l'estime de l'amoureux
Caffardot, & celui-ci *pour ne
point faillir*, & conserver toutefois
les bonnes graces de sa maîtresse.
La pudeur se montrait d'un côté

bien lasse, & de l'autre terrible-
blement sur ses gardes. Le rôle
de Thérèse était difficile. Caffardot
ne demandait à la véritable Eléonore que de la voir presser leur
mariage : il y avait un obstacle.
La mère du futur qui savait l'a-
venture de l'enfant avait fait avertir
secrettement Mademoiselle Eléonore, que si elle persistait à
vouloir épouser son fils, elle
publierait cette honteuse affaire,
de-manière à ne lui laisser, de la
vie, l'espérance d'épouser qui que
ce fût. Eléonore, retenue par-là,
tâchait de traîner les choses en
longueur, jusqu'à ce que la mère,
qui était infirme & vieille, pût
mourir, ou que les principes du
fils se relâchassent enfin assez pour
qu'il se trouvât quelque jour dans
le cas d'être pris sur certain fait
& forcé d'épouser. Mais la vieille
s'obstinait à vivre : & Caffardot,
de marbre, ou soutenu de la
Grace, avait sauvé jusqu'alors sa

précieuse innocence des piéges du diable & de Mademoiselle Eléonore.

THÉRÈSE, au-fait de toutes ces circonstances, était obligée, pour ne se point trahir, de régler là-dessus ses paroles & ses actions.

CHAPITRE VII.

Vengeance de Thérèse.

PRÉPAREZ-vous, ami lecteur, à voir ici quelque chose d'incroyable... Mais pourquoi vous priver du plaisir de la surprise ! Lisez, & vous croirez si vous pouvez. Quant à moi, si je n'avais pas été témoin, j'aurais bien eu de la peine à me persuader la possibilité de ce que je vais vous aprendre. *Le vrai peut quelquefois n'être pas vraisemblable.*

Il y avait déja quelque temps que mes gens argumentaient assez haut pour que je ne perdisse pas un mot de leur entretien, quand enfin la fausse Eléonore avança ce délicat & captieux raisonnement. » --- Cessez, (dit - elle) de vous plain-
» dre du retard que j'aporte à votre
» bonheur, mon cher Caffardot ;
» il ne tient qu'à moi, je vous
» l'avoue, d'engager mon père à
» couronner dès demain, de son
» consentement, le vœu qui lie
» déja nos destinées ; mais l'extrê-
» me passion qui me possède ne
» s'accorde point avec le froid dé-
» nouement de ne devoir qu'au
» mariage la possession du plus
» aimable des mortels. L'hymen
» sera donc pour nous, comme pour
» le vulgaire, une affaire de con-
» venance ! Ah ! que ne suis-je
» assez heureuse pour trouver dans
» mon amant . . . ces élans passion-
» nés . . . . qui m'élevent quelque-
» fois au-dessus de ces chimères

» qu'on nomme devoir, honneur,
» vertu ! — Ah ! que dites-vous là,
» Mademoiselle, Eléonore ! quel
» oubli de ce que prescrit la sainte
» religion ! — Eh ! laisse un mo-
» ment à-part ta *sainte religion*,
» mon cœur ; & répons à cette
» simple question : Si tu avais
» attaqué ma pudeur & que je
» t'eusse cédé, me mépriserais-tu?..
» Refuserais-tu de m'épouser ? —
» Mais... non. Si j'avais promis....
» il faudrait bien que je tinsse
» parole.... le parjure est un
» grand péché. — Eh bien ! cher
» Caffardot, je suis comme toi,
» l'ennemie du parjure : j'ai juré,
» dans mon amour excessif, de ne
» me lier indissolublement à toi,
» que lorsque ta passion & la
» mienne auraient subi la plus forte
» des épreuves, lorsque je me
» serais assurée qu'après avoir joui
» de ton amante tu sauras encore
» en connaître le prix, & que
» de-même après t'avoir possédé,

II. Part. S

» j'en conserverai le désir, au-
» point de souhaiter que nous soyons
» l'un à l'autre le reste de nos
» jours. Où en serions-nous, dis-
» moi, si après quelques mois de
» mariage, dégoûtés réciproque-
» ment, nous venions à détester
» nos liens ? Or si ce dégoût peut
» naître de la jouissance, ne vaut-
» il pas mieux en courir les risques
» avant les sacremens ? Quelles
» délices, au-contraire, si lorsque
» j'aurai fait pour toi ce qui, dit-
» on, deshonore une femme, je
» te vois rechercher avec le même
» empressement le bonheur de
» m'épouser : quel rempart pour
» ma tendresse que la reconnais-
» sance infinie dont je me sentirais
» redevable envers le plus généreux
» des amans ! ..

CELA était trop subtil, & trop
pressant pour notre Joseph ; il ne
sut qu'y répondre.... A quoi
bon faire attendre plus long-temps

le dénouement prévu de cette singulière scène ? L'amour,... la nature,... l'imbécillité elle - même réunies contre les préjugés, remportèrent sur eux un complet avantage. Après plusieurs, *si*, *mais, cependant*, le sot, que la fausse Eléonore comblait de caresses perfides, chancela.... s'oublia.... s'égara.... partagea le lit de la lubrique Thérèse... On peut s'en raporter pour le reste à l'expérience & à l'avidité de cette actrice passionnée.

L'ÉFRONTERIE avec laquelle la soubrette me manquait dans cette occasion excita d'abord une colère que j'eus peine à réprimer ; mais bientôt les doux accens de ses ravissemens m'intéressèrent, & je fus au - devant de tout ce qui pouvait la justifier. Je compris que, comptant sur mon sommeil & trouvant une occasion aussi favorable de se venger, elle était

excusable de l'avoir saisie. La
part que je l'entendais prendre
aux travaux de l'heureux prosé-
lite , allumait en moi mille feux.
Caffardot , qui dans ses ravissemens , laissait échaper quelques
Sainte Vierge , Saint Esprit, ah !
doux Jésus ! me divertissait au possible. En-un-mot , j'unis mon
intention à ce couple fortuné ,
l'écho de leurs plaisirs retentit
plusieurs fois en moi. Je m'en-
dormis au doux murmure de leurs
voluptueuses caresses , & dans
l'étonnement que me causait la
durée de ces ébats. Voilà les fruits
de la sagesse ; heureux qui com-
mence tard à jouir !

CHAPITRE VIII.

De la Culotte de M. Caffardot.

Ô Dévots ! que ce qui arriva de sinistre à M. Caffardot, pour s'être ainsi laissé corrompre, vous éfraye & vous aprenne à résister courageusement aux pernicieuses impulsions de la chair. Le châtiment suit de-près le crime. Les mortels privilégiés qui entretiennent une correspondance quotidienne avec le Ciel en sont remarqués dans leurs moindres peccadilles ; tandis que les pécheurs endurcis, méconnus à la cour céleste, se livrent sans trouble à leurs coupables excès. Mais aussi, gare le jour des vengeances ! c'est alors que ceux qui auront amassé, sur leurs têtes, des monceaux d'iniquités, en

S 3

verront avec éfroi l'énorme liste
offerte à leurs yeux par l'Ange
exterminateur : ceux au-contraire
qui auront été châtiés dès cette
vie, (& que cela aura beaucoup
aidé à se repentir,) trouveront
pour eux la fatale balance en
équilibre & monteront d'emblée
au séjour de l'éternelle félicité.
Heureux, trop heureux Caffardot,
à qui la bonté divine ménagea
des punitions aussi-tôt qu'il eût
failli !

Je venais de m'éveiller; une
pendule sonna cinq heures. Les
amans fatigués dormaient à leur
tour : j'en fus assurée par le bruit
distinct de deux ronflemens, dont
le mâle sur-tout annonçait le
plus profond sommeil. --- Je ne
vois pas (me dis-je alors), que
ce M. Caffardot, qu'il s'agissait
d'abord de mortifier, soit trop
la dupe de cette avanture: il
couche avec une très-jolie fille ;

il se croit possesseur de l'objet
dont son cœur est rempli ; s'il
fait, selon ses idées, une grande
perte *pour l'autre vie*, du-moins il
trouve la clé de ce qui fait l'unique bonheur de *celle - ci :* où donc
est sa disgrace ! Mademoiselle
Thérèse, l'objet est manqué : le
tempérament a trahi la colère,
& Caffardot a tout l'avantage du
stratagême que vous aviez imaginé
contre lui. Je pouvais ne pas rai-
sonner juste ; & l'on verra en
temps & lieu que je me trompais ;
je raisonnais du - moins, selon les
aparences. Mais (ajoutai - je à mes
réflexions), si Thérèse s'est ou-
bliée, rien ne m'oblige moi,
qui ne goûte point M. Caffardot,
à le laisser jouir paisiblement de
son bonheur. Ménageons à cet
idiot quelque sujet de se repentir
de sa faiblesse... ---- Cependant
j'avais beau chercher dans ma
tête, je n'y trouvais rien qui
répondit à la malignité de mon

Intention. . . Lui donner l'allarme
d'être surpris ! il en était quitte
pour s'évader ; la fausse Eléonore
qui n'était point prévenue, pouvait
me seconder mal. Je ne vis rien
de mieux à faire que de détourner
quelque pièce essentielle des vête-
mens du coupable. La culotte fut
la premiere chose qui me tomba
sous la main. Je m'en emparai ,
ayant préalablement ôté , une bour-
se , une montre & des clés que
je remis dans les poches du juste-
au - corps. J'attendis ensuite dans
mon lit ce qui pourait arriver de
cette importante soustraction.

Mais les ronflemens ne finissaient
point ; je perdis enfin patience ,
& fus tirailler Thérèse que j'apel-
lai plusieurs fois tous bas Mademoiselle Eléonore. Elle eut à son tour
bientôt éveillé Caffardot , qui , su-
posant leur aventure découverte
par la femme - de - chambre , se
crut perdu , sortit du lit , rassem

bla mal - adroitement ses habits, chercha long - temps sa culotte, mais en - vain, partit cependant traînant, avec assez de bruit, les boucles de ses souliers sur le parquet, & ferma la porte qui se plaignit encore beaucoup. Le pauvre diable craignait aparemment que la duègne d'Eléonore ne se mît à ses trousses. Ce ne pouvait être qu'elle qu'il venait d'entendre parler ! Quel embarras ! que va-t-il arriver à sa chère Eléonore ! & comment ravoir sa culotte !

Thérèse, de son côté, n'était pas sans inquiétude ; elle m'avait manqué trop essentiellement pour ne pas s'attendre à quelque réprimande sévère, & peut-être à recevoir son congé : mais, heureusement pour elle, je manquai de dignité dans cette occasion. Glissant donc légérement sur les reproches que méritait son audace ; ne prenant pas même le temps d'écouter ses excuses, je passai vîte à la confidence de mon espiéglerie. Elle venait déja d'avoir un éfet si plaisant, que je ne pouvais contenir mon envie de rire, loin qu'il me restât la moindre humeur. Thérèse, rassurée, trouva le tour admirable ; nous n'osions cependant laisser éclater notre joie, sur ce que Caffardot, qui n'avait pas ses culottes, resterait jusqu'à nouvel ordre dans le corridor. L'ingénieuse soubrette eut bientôt levé cet obstacle. Elle alla dire tout - bas, par la serrure, à son bon ami,) qui en - éfet y avait l'oreille collée), que la femme - de - chambre, qui s'était trouvée mal, & n'avait apellé que pour demander du secours, ne se doutait probablement de rien ; qu'au surplus la culotte qui ne se trouvait point encore, ne pourait lui être rendue par la porte, à-cause du bruit qu'elle faisait au moindre mouvement ; mais que, s'il voulait aller au jardin, on la lui jetterait par la fenêtre dès que la femme - de - chambre dormirait.

AINSI débarassées du témoin incommode, enchantées de le savoir cu - nud au jardin, où la bise souflait avec fureur, nous ne contraignîmes plus nos ris ; puis nous tînmes conseil, résolues de bien employer, pour notre amusement & pour le tourment de Caffardot, l'insigne preuve que nous avions de son incontinence. Le résultat de nos délibérations fut, que Thérèse, qui connaissait parfaitement la maison, irait sans bruit, suspendre la culotte à la porte de la chambre où couchait la véritable Eléonore. *Tel fut notre bon plaisir.* Thérèse s'habilla tout - à - fait, parce qu'il faisait très - froid, puis, s'enfonçant dans les ténèbres du corridor, elle alla bravement exécuter notre risible arrêt.

CHAPITRE IX.

Raport de Thérèse, & ce qu'elle fit pour prouver qu'elle ne mentait pas.

LA téméraire soubrette demeura beaucoup plus longtemps que je ne m'y attendais; & j'étais déja fort inquiète de son retard, quand je l'entendis enfin rire dans le corridor, & parler; je crus qu'elle était avec quelqu'un: cependant elle rentra seule. Pressée de la plus vive curiosité, je lui fis cent questions. Mais, sans y répondre, & riant par éclats; la folle ne cessait de répéter, *ah! la plaisante aventure! la bonne folie! le drôle de corps!* Je perdais patience. A-la-fin pourtant, j'apris que ces ris immodérés étaient occasionnés

par

par la plus singulière scène du
monde , qui se passait à l'heure
même dans la chambre d'Eléonore
& dont la porteuse de culotte
venait d'entendre une partie. --- M.
le Chevalier , (dit l'évaporée ,
s'interrompant à chaque mot , pour
éclater de rire ,) M. le Chevalier
est » là - haut. ... chez la divine
» Eléonore , à qui il tient , je ne
» sais sous quel prétexte , les pro-
» pos les plus originaux. Je défie
» l'homme le mieux ivre , le plus
» facétieux histrion d'imaginer un
» amphigouri pareil à celui qu'il
» débiter. Il a cependant passé la
» nuit avec la chère Demoiselle ,
» rien n'est plus évident. ... Tout
» ce qu'il dit y a raport. Ils ont
» couché ensemble , Mademoiselle !
» cela est clair. Comment trouvez-
« vous la chose ? Et qui diable
» ne rirait pas d'une découverte
» pareille » ? --- Mais , interrompis-
je , êtes - vous bien sûre , Théré-
se ? ... --- Tout-à-fait sûre , Ma-

II. Part.   T

demoiselle, --- que ce soit le Chevalier ? ---- » Ah ! c'est bien » lui-même ; peut-on méconnaî- » tre son joli son de voix ! Il traite » Mademoiselle Eléonore *d'épouse* » *chérie, d'adorable déité.* ---- Vous extravaguez, ma mie Thérèse, (dis-je un-peu piquée ; mais ne pouvant encore croire un conte qui, selon moi, n'avait pas la moindre vraisemblance) --- Eh parbleu ! Mademoiselle, repliqua- t-elle, continuant ses ris, si vous doutez que ce que je dis soit vrai, donnez-vous la peine de vous lever & de me suivre, vous verrez... --- Non, il y aurait un autre moyen. ...

JE n'eus pas le temps d'achever. Thérèse avait de l'esprit, elle devina ce que j'hésitais à lui pro- poser, partit & ne reparut plus : ce fut le Chevalier qui revint à sa place, riant aussi de tout son cœur.

PIQUÉE contre le volage ado-
rateur, déja coupable de plusieurs
infidélités, quoique nous ne vé-
cussions ensemble qu'à-peine depuis un mois, je le laissai chercher à-tâtons mon lit, sans daigner
le guider d'une seule parole. Mais
il sut bien me trouver. Je perdis
tout-à-coup la moitié de ma
colère, quand je sentis les belles
mains de l'inconstant toucher mon
sein, & sa bouche angélique surprendre la mienne au moment où
je délibérais si je voulais la détourner. J'eus cependant le courage
de lui dire, avec une aigreur apa-
rente, qu'il me laissât & retournât
vers son *épouse chérie*, vers *l'aimable déité*. Ce reproche ne le fâcha
point; &, sans perdre du temps
à se justifier, il eut recours au
remède infaillible.... Je m'apai-
sai.

ENCORE, mon cher amour,
(soupirais-je, en ressuscitant pour

la seconde fois), ... mais je me
repentis de cette prière indiscrète,
quand j'eus touché quelque chose
qui se trouvait pour - lors dans
l'impossibilité de me complaire.
---- » Hélas , (dit tristement le
» pauvre Chevalier) , voilà le vrai
» châtiment de mes sotises. Jamais
» coupable fut - il plus cruellement
» puni ! mais Vénus n'abandonne
» pas pour long - temps ses fidèles
» adorateurs. Avant que j'aie fini
» de te conter la rare aventure
» qui vient de m'arriver , je serai
» desenchanté ; & tu es trop gé-
» néreuse pour me refuser ma re-
» vanche. » Un baiser de flamme
fut le sûr garant de ma bonne
volonté ; nous demeurâmes volup-
tueusement groupés, & ce fut dans
l'attitude la plus propre à opérer
un prompt desenchantement, que
le Chevalier se mit à me raconter
ce qu'on va lire dans le chapitre
suivant.

CHAPITRE X.

C'est le Chevalier qui parle.

» LE funeste Président , nous
» faisant visiter tous les recoins de
» sa maison , avec autant d'exac-
» titude que si nous eussions été
» un détachement de Maréchaussée ,
» commandé pour y déterrer quel-
» que mal-faiteur , avait annoncé
» la pièce , où nous sommes main-
» tenant , comme l'apartement de
» sa fille , & celle d'en-haut où
» je suis venu m'égarer , comme
» l'une des chambres qu'il donne
» aux étrangers , en attendant que
» le premier soit en état. La droite
» est pour les femmes; les hommes
» sont de l'autre côté. Ayant bien
» mis cette distribution dans ma
» tête; assuré , d'ailleurs , que

T 3

» Sylvina devait occuper au-dessous
» le bel apartement, & présumant
» en-conséquence que tu coucherais
» nécessairement dans une chambre
» où il n'y aurait qu'un lit ; il me
» semblait que rien ne pouvait s'o-
» poser au bonheur de passer la nuit
» avec toi; je suis donc parti pour le
» quartier des femmes , dès que j'ai
» présumé que tout le monde pou-
» vait à-peu-près dormir. J'ai
» porté la main sur plusieurs ser-
» rures ; enfin, j'ai trouvé la clé
» dans l'une, j'ai ouvert. Quelqu'un
» dormait, mais au bruit que j'ai
» fait on s'est éveillé.... J'hésitais.
» --- *Entre donc , St - Jean.* (a
» dit très - distinctement une voix
» que j'ai reconnue tout-de-suite
» pour celle d'Eléonore,) alors il
» m'est venu l'idée la plus folle.
» La répugnance de passer pour
» St.-Jean & la curiosité de voir
» quel *mic-mac* allait naître de
» ma visite, m'ont fait commencer
» sur l'heure, le rôle de somnam-

» bule. Et sans répondre à la voix ,
» je me suis mis à déclamer assez
» bas : --- Jardin délicieux , où la
» divine Cloé vient chaque matin dis-
» puter à la rose & au jasmin le prix
» de la fraîcheur.... Lieux en-
» chantés où le serment d'un amour
» à-l'épreuve des siècles précéda
» le vœu que nous prononçâmes
» au pié des autels... (je me suis
» assis). Fontaine , plus limpide
» que celle de Blandnse ! Crystal ,
» où mon épouse chérie... --- Ah
» ça , St.-Jean (a interrompu la
» voix) voilà qui est très-bien ,
» mais c'est assez de ces gentil-
» lesses ; dis-moi par quel heureux
» hasard... --- Le hasard n'eut
» point de part à mon choix ; il
» fut forcé dès que je vis sa pru-
» nelle plus éclatante que l'étoile
» du matin. --- Ah ! ah ! Monsieur
» St-Jean , vous faites votre agréa-
» ble ! où donc avez-vous puisé
» tant d'esprit ? --- Personne n'en
» a comme elle. Phébus , jaloux

» de ses moindres paroles, se cou-
» vre d'un nuage pâle dès qu'elle
» ouvre la bouche.... Adorable
» épouse! divine Cloé:... Laisse
moi rire, mon cher d'Aiglemont
(dis-je à l'aimable fou dont le
poids délicieux gênait le jeu de
ma poitrine), je n'y tiens plus,
*le soleil qui s'obscurcit, le temps
qui se couvre dès que Cloé se met
à parler!* Cela est trop extravagant...
mais que veux-tu faire? Oui,
je sens que tu es desanchanté;
à la bonne heure; cependant, pour
ta pénitence, tu patienteras jusqu'à ce que tu m'aies achevé ton
récit; nous verrons après: sois
sage, & conte.

   --- « Mis au fait par l'apostro-
» phe d'Eléonore à St-Jean, tu
» penses bien que je me suis mis
» à mon aise. J'ai profité de la
à première invitation, qui est en-
» core échapée à la belle, pour
» courir à son lit, disant: Qu'en-

» tends-je ! elle est déja sous ce
» berceau de chèvre-feuille ! les
» sons de sa voix mélodieuse ont
» frapé mon oreille ! ... Ah, chère
» épouse !..... C'est toi..... C'est
» elle-même..... Hélas ! après une
» si longue absence.... tes bras
» se refusent à ceux d'un époux
» chéri !.... ô amour ! ô hyménée !
» venez éclairer de vos brillans
» flambeaux les yeux de Cloé, qui
» méconnaissent le plus tendre
» des époux.

» Soit qu'Eléonore ait eu l'esprit
» assez présent pour sentir d'abord
» tout le parti qu'on peut tirer d'un
» somnambule, soit qu'un tempé-
» rament dominant ne lui ait pas
» permis de refuser une occasion,
» peut-être dangereuse, elle n'a
» fait aucun éfort pour m'empêcher
» de partager son lit. Cependant
» il n'était plus possible qu'elle
» me prît pour St-Jean, dont elle
» doit sans-doute connaître la

» voix. Je ne déguisais point la
» mienne. J'ai fait les choses en
» galant-homme ; & ne voulant
» pas mettre la belle à mal, sans
» être assuré de son parfait consen-
» tement, j'ai débuté, au lit,
» par tourner le dos comme pour
» dormir. Quelques minutes après,
» j'ai fait semblant de rouffler. Bien-
» tôt Eléonore s'est levée. Je m'a-
» prêtais à m'esquiver, craignant
» qu'elle n'allât apeler du secours ;
» mais, prudente, ennemie de l'é-
» clat, elle ne voulait que fermer
» la porte & mettre les verroux,
» de-peur, sans-doute, qu'il ne
» lui vint plus de monde qu'il ne
» lui en fallait. Après cette sage
» précaution, elle s'est recouchée :
» & voici ce que j'ai jugé à-
» propos d'ajouter à mes folies.
» --- Cesse de t'abuser, divine
» Cloé. Quelle que soit la beauté
» de l'incomparable Eléonore, rien
» ne peut combattre dans mon
» cœur ton image adorée; en-vain

» cette auguste Princesse est la
» rivale de Minerve & de Diane,
» toi seule as le prix... Je ne
» disconviens pas que mes yeux
» éblouis... mon oreille enchantée...
» tu surprens ma rougeur, céleste
» Cloé ! pardonne, je suis coupa-
» ble.... Mais, que dis-je ? Je ne
» le suis plus. Tes charmes divins
» détruisent une illusion passagère...
» permets-moi seulement de ré-
» péter une dernière fois, que si
» je n'étais l'amant & l'époux de
» Cloé, je ne pourais vivre que
» pour Eléonore. »

Après une pause dont nous avions
besoin tous deux, pour soulager
notre envie de rire, le Chevalier
me dit encore qu'il s'était payé
deux fois de ses éloges, & qu'E-
léonore avait fait très-savamment
la Cloé. Qu'ensuite, comme il
faisait de-nouveau semblant de
dormir, elle l'avait tiraillé doucement, afin de se défaire de lui,
s'il était possible, sans l'éveiller;

qu'il s'était prêté à tout, soute-
nant avec beaucoup de vraisemblance le rôle de somnambule,
& qu'on l'avait enfin attiré vers
la porte. Thérèse s'était trouvée là
précisément comme Eléonore ouvrait. Le Chevalier, par pure mali-
ce, avait recommencé ses monolo-
gues, sans rentrer, sans sortir,
le tout pour prolonger l'embarras
de la divine Cloé. Thérèse avait
profité d'un moment favorable pour
se glisser dans la chambre & poser
la culotte sur un fauteuil voisin
du lit. Puis laissant le Chevalier
continuer sa comédie, elle était
revenue vers moi. Par bonheur,
lorsqu'elle était retournée le somnambule n'avait pas encore pris
le parti de la retraite. Celui-ci
sentant qu'une main féminine s'emparait de lui dans les ténèbres, s'é-
tait laissé conduire. Thérèse l'avait
mis au fait en chemin; puis le laissant à la porte de ma chambre, elle
s'enétait allée, par discrétion, atten-

dre le jour quelque part, ne man-
quant pas de connaissances dans
une maison où elle avait servi.

CHAPITRE XI.

Aubades. Fâcheux réveil d'Éléonore.

LE lecteur peut être impatient
d'aprendre ce qui arriva de la
culotte de Caffardot, si mécham-
ment installée chez l'innocente
Éléonore. Je suprime, pour le
satisfaire, les détails de ce qui
put encore se passer entre le somnambule & moi.

Nous fûmes d'avis qu'il fallait
attirer, sans affectation, le plus
de monde que l'on pourait à l'a-
partement de la belle, avant qu'il
y fût jour. A l'ouverture des volets,
une culotte rouge, vue de tous
les yeux, devait produire un éfet

II. Part.   V.

admirable. Il ne s'agissait, pour
amener ce grand coup de théâtre,
que d'éveiller de bonne - heure,
M. le Président, & de lui proposer de surprendre agréablement
les Dames par de petites aubades
à leurs portes. Le Chevalier, jouant
du violon & le Président de la
basse de viole, le galant vieillard
ne pouvait manquer de goûter l'heureuse idée de cet *éveil* romanesque.

En - conséquence , d'Aiglemont
se rendit de bonne-heure chez notre
hôte avec son violon ; la triste
basse de viole fut tirée de son étui
poudreux ; on répéta quelques
vaudevilles surannés , & l'on se
mit en marche. Sylvina fut gratifiée
la premiere d'une *Forlane* d'une *Ga-*
v.tte & de deux *Courantes* , le tout
avec des sourdines , par respect
pour le sommeil de la grave Présidente , dont l'apartement était
contigu. Ensuite les musiciens &
Sylvina , qui s'était aussi - tôt levée ,

vinrent à ma porte. Je les attendais & ne laissai jouer que le temps
qu'il fallait pour ne point paraître
prévenue. Je grossis bientôt leur
bande avec Lambert, qui, se mê-
lant aussi de musique & jouant
passablement de la flûte , venait
se joindre aux concertans. Bientôt toute 'a maison fut à notre
suite , excepté la Présidente , Éléonore & Caffardot ; en-un-mot
nous étions très-nombreux quand
nous nous présentâmes à la porte
de la chambre où reposait la tendre
amante de St.-Jean , *la divine Cloé.*

Arrivés sans bruit , nous
débutâmes par le fameux air *des
Sauvages ,* sur lequel je savais par
bonheur un *Amphigouri* qui répon-
dait merveilleusement à l'envie que
j'avais de berner la chère Éléonore ,
& non de la divertir. L'honnête
Président, admirateur zélé de l'artiste à qui l'on doit le sublime
morceau que nous exécutions , était

seul de bonne foi : possédant cette pièce à-fond, il raclait littéralement la basse continue avec le plus fervent enthousiasme. Aussitôt que l'air fut achevé, le Chevalier ouvrit, criant à tue-tête *forêts paisibles*, à quoi le cher père ne manqua pas de répliquer par une partie du chœur. Quant à moi, je continuais de chanter mes paroles burlesques ; Lambert s'époumonait en soufflant dans sa flûte ; le tout faisait un charivari qui m'aurait considérablement amusée, si je n'avais pas eu la perspective d'un divertissement encore plus intéressant.

CE fut le Président lui-même qui courut aux volets & fit jour. Les chants cessèrent subitement à l'aspect de la culotte ; le Chevalier & moi jouâmes à ravir l'étonnement ; je tournai le dos, d'Aiglemont toussa, Sylvina parut stupéfaite, ainsi que Lambert &

les autres spectateurs. Le Président
était à peindre, ayant passé tout-
à-coup d'un enjouement, un-peu
fou pour son âge, à la colère la
plus terrible. Tous les yeux, fixés
à la fois sur la culotte, guidèrent
sur ce fatal objet, ceux de la
malheureuse Eléonore. Sa confu-
sion ne peut se décrire. Nous nous
hâtâmes de sortir à-travers une
foule de curieux, parmi lesquels
la perfide Thérèse, se composant
à-merveille, n'avait pas l'air d'a-
voir la moindre part à l'événement.
Le Chevalier emmena le Président
demi-mort, ferma la porte &
s'empara de la clé, pour empêcher ce père irrité de revenir sur
ses pas faire quelque mauvais traitement à sa coupable fille. Cependant la culotte était demeurée,
& celui à qui elle manquait ne
passait pas lui-même des instans
moins cruels qu'Éléonore, que ce
trophée de libertinage venait de
comprometttre si publiquement.

V 3

CHAPITRE XII.

Trait d'esprit & de charité de la part
du Chevalier.

D'AIGLEMONT était un espiègle, mais il avait le cœur excellent. Il ne vit donc point sans émotion le desespoir de notre hôte ; & sur l'heure il forma le projet de réparer , autant que cela se pourait , le mal qui résultait de notre folle plaisanterie. « ---- Ne
» vous affligez pas , Monsieur (dit-
» il au Président) , j'entrevois
» dans tout ceci de la fourberie,
» & je gagerais que Mademoiselle
» votre fille est innocente , mal-
» gré les aparences qui semblent
» déposer contre sa vertu. Lais-
» sant à - part la prévention où
» tout le monde doit être en - faveur
» d'une personne bien-née & élevée
» par des parens respectables , je

, m'attache au fait seul, & je
, soutiens que cette culotte, éga-
, rée chez elle, ne peut s'y trou-
, ver que par quelque perfide ma-
, nœuvre de la part, sans - doute,
» de celui à qui elle apartient.
» Un homme à bonnes fortunes,
, quelque distrait qu'il soit, n'ou-
» blie jamais sa culotte. Encore
» une - fois, Monsieur, il y a là
» dessous quelque noirceur; & si
» vous m'en donnez la permission,
» je me fais fort d'éclaircir ce
» mystère d'iniquité. Souffrez que
» j'entretienne un - moment en par-
» ticulier Mademoiselle Éléonore...
» mais non, soyez vous - même
» témoin de notre entretien, &
» tenez - vous pour dit que bien-
» tôt vous serez tranquillisé &
» vengé. »

J e connaissais le Chevalier in-
capable de nous compromettre ;
mais je n'en étais pas moins é-
tonnée de son éfronterie, & je

ne concevais pas comment il osait
se mêler d'arranger une affaire
où lui-même avait les plus grands
torts. Cependant, ayant un but,
il vint à - bout d'y conduire heureusement sa difficile entreprise.

Les éclaircissemens entre lui,
le Président, Eléonore & Caffardot, se passèrent sans témoin ;
mais voici le compte qu'il nous
en rendit dans la voiture, lorsque nous eûmes pris congé de la
ridicule famille. C'est encore le
Chevalier qui va parler.

--- « Nous sommes retournés,
» le cher père & moi, chez la
» malheureuse Eléonore, que nous
» avons trouvée en larmes : --- Ras-
» surez - vous , Mademoiselle (lui
» ai - je dit avec une consolante
» douceur), soyez persuadée que
» Monsieur votre pere est trop
» judicieux pour prendre le change :
» il ne doute nullement de votre

» innocence , & de-même , loin
» de vous accuser le-moins du
» monde. toute la maison vous
» plaint & crie vengeance contre
» un scélérat qui vous a fait l'in-
» jure la plus atroce. Reposez-
» vous sur moi du soin de vous
» faire faire la réparation solem-
» nelle qui vous est dûe : mais
» expliquez-vous : décidez sur-le-
» champ du sort de l'imposteur :
» doit-il expirer sous nos coups ;
» ou prenez-vous assez d'intérêt
» à lui pour que vous daigniez
» le sauver en l'élevant au rang
» de votre époux ? --- Ni l'un ni
» l'autre, Monsieur (a répondu la
» dolente Eléonore , qui m'avait
» attentivement regardé pendant
» que je parlais , & s'était un-
» peu rassurée, sentant que je
» lui fournissais un moyen de se
» disculper), non, Monsieur, une
» punition , proportionnée à la
» perfidie de Caffardot , ne man-
» querait pas d'ajouter au scandale.

» Sait-on d'ailleurs, après l'in-
» digne manière dont il vient de
» se venger de n'avoir pu me séduire,
» à quels excès il pourrait encore
» se porter, plus irrité ? Qu'il
» vive !............ Mais j'en jure
» devant mon père, devant vous,
» Monsieur, de qui je reçois,
» dans ce moment, des preuves
» d'intérêt qui me permettent de
» vous nommer notre véritable
» ami ; je jure, dis-je, que jamais
» l'infâme Caffardet ne sera mon
» époux : hélas ! je n'ai qu'une
» faute à déplorer ; c'est d'avoir
» caché trop long-temps, à mes
» tendres parens, les vues abomi-
» nables que le suborneur cou-
» vrait du voile hypocrite de la
» dévotion. Depuis plus d'une an-
» née il ne cessait de me tendre
» des piéges. J'espérais toujours
» que, cédant enfin à ses re-
» mords, & corrigé par l'exemple
» de l'honneur que lui donnait
» ma résistance, il renoncerait en-

» fin à ses damnables projets : mais
» que je me suis abusée !....... &
» qu'il m'en coûte cher aujour-
» d'hui ! — Nouveau torrent de
» larmes.... délire de douleurs.

» JE voyais le bon papa prêt à
» fondre en larmes ; j'ai pensé que
» les miennes (ou du-moins le
» semblant d'en répandre) pro-
» duiraient un admirable éfet dans
» cette importante conjoncture.
» J'ai donc détourné la tête ; &
» tirant mon mouchoir, j'ai caché
» mon visage, riant d'aussi bon
» cœur que les deux autres pou-
» vaient me soupçonner de pleu-
» rer, & pleuraient réellement
» eux-mêmes. Le sensible Président
» serrait dans ses bras sa vertu-
» euse progéniture : Eléonore jouait
» son rôle avec beaucoup de ma-
» jesté. Je n'y tenais plus, je me
» suis emparé de la culotte & sor-
» tant brusquement de la chambre,
» j'ai feint un emportement qui
» pouvait signifier que j'allais con-

» fondre Caffardot & le punir de
» sa lâche imposture. — Arrêtez-
» le, mon père, s'est écriée la
» généreuse Eléonore, courez,
» empêchez le sang de couler.....
» — Mais je suis alerte, en deux
» sauts j'étais déja loin du Prési-
» dent, & je me suis rendu sans
» obstacle à la chambre du pré-
» tendu suborneur. »

CHAPITRE XIII.

A quel prix Caffardot retrouve fa Culotte.

SYLVINA & Lambert écoutaient
le Chevalier avec beaucoup d'intérêt; mais si cette histoire pouvait les amuser, elle était sur-tout
délicieuse pour moi. Je jouissais
seule de tout le comique du rôle
du Chevalier & du parfait ridi-

cule de celui d'Eléonore. Je mou-
rais d'envie de mettre les autres
un-peu plus au-fait ; mais d'Aiglemont, d'un coup-d'œil fin ,
m'imposa silence , & continua :
— » J'ai paru chez Caffardot avec
» un visage triste & courroucé.
» Il était au lit. Au bruit que
» j'ai fait en entrant, il a dé-
» tourné ses rideaux. L'aspect de
» la terrible culotte l'a fait frémir ;
» une pâleur mortelle a défiguré
» son visage ; ça été bien-pis quand
» le Président est survenu , trans-
» porté de fureur , & faisant en
» conséquence des grimaces d'é-
» nergumène. J'avais discrettement
» attendu celui-ci pour parler ;
» immobile , je m'étais contenté
» d'exposer la culotte aux yeux de
» l'accusé , comme une autre tête
» de Méduse.

» Aussi-tôt le Président ,
» dont la rage redoublait à la vue
» de l'auteur prétendu de sa hon-

II. Part.   X

» te, a pris une canne & s'est
» mis à fraper de toute sa force
» sur le pauvre Caffardot , qui ,
» malgré les couvertures, devait
» très-bien sentir les coups : je
» ne me suis point oposé à cette
» première explosion , parce que
» je connais le cœur humain , &
» que je sais que, lorsqu'on s'est
» livré sans contrainte à ces sortes
» de transports, le moment qui
» les suit est celui de la clémence
» & des accommodemens. Cepen-
» dant, suffoqué de colère , & las
» de battre , le Président s'est jetté
» dans un fauteuil, déplorant avec
» beaucoup de galimatias , *son mal-*
» *heur, sa confiance abusée, sa fille*
» *perdue de réputation & privée , sans-*
» *doute pour jamais, de l'espoir d'un*
» *honorable établissement.*

--- » Pardonnez-moi, Monsieur,
(s'est à son tour écrié le chrétien
» Caffardot, tombant du lit à ge-
» noux , & se traînant en cette

» posture jusqu'aux piés du père
» outragé). Pardonnez : soyez assuré
» qu'épouser Mademoiselle Eléo-
» nore a toujours été mon unique
» désir, & que si j'ai été assez
» faible pour succomber à la ten-
» tation d'en jouir.... --- *A la ten-*
» *tation d'en jouir, malheureux !* a
» riposté le père redevenu furieux...
» Tu as encore l'audace de m'in-
» sulter, scélérat, & de calomnier
» ma fille ! tu en as joui ?... --- Mais
» puisque vous le savez, Monsieur,
» il faut bien qu'Eléonore ait tout
» avoué.... --- Alors un coup de
» bâton pour lequel le vieux Pré-
» sident a retrouvé toute la vigueur
» de sa première jeunesse, a coupé
» la parole à Caffardot. Le ver,
» dit le proverbe, se dresse lors-
» qu'il sent qu'on l'écrase ; j'ai vu
» de-même notre reptile frémir &
» mesurer, d'un coup d'œil plein
» de rage, la figure décrépite du
» père d'Eléonore. Cependant, afin
» de prévenir quelque acte de vio-

» lence de la part du sournois
» Caffardot, je me suis mêlé de
» la querelle, & me joignant au
» Président, j'ai traité l'autre de
» *garnement ;* je l'ai menacé d'apeler
» des valets pour le lier & le
» conduire à la ville où l'on saurait
» bien le forcer à justifier une fille
» aussi estimable que celle qu'il
» osait noircir par la plus exécra-
» ble calomnie.

» Un dévot dans de semblables oc-
» casions a des ressources qui man-
» quent au commun des hommes.
» Le malheureux Caffardot se pros-
» ternant, la face contre terre, a
» offert à Dieu sa fatale disgrace
» & entonné le *Miferere* d'un ton
» que le prophête lui-même avait
» sans-doute à-peine, quelqu'affli-
» gé qu'il pût être, quand il le
» composa. Mais je n'ai pas laissé
» le temps notre David d'ache-
» ver sa ridicule prière, je l'ai
» fait habiller à la hâte : vous l'a-

» vez tous vu sortir de sa cham-
» bre, noyé de honte, écrasé de
» l'injustice de ses accusateurs &
» de la gravité des circonstances
» qui concouraient à le faire pas-
» ser pour le faussaire le plus a-
» bominable ; je l'ai conduit hors
» des cours comme un banni. Il
» retourne à sa gentilhommière à
» pié, le Président m'adore ; je suis
» son ami, son vengeur : à la ville,
» je dois être sa plus intime soci-
» été : je suis chargé de vous faire
» à tous des excuses infinies, &
» de vous prouver comment la belle
» Eléonore est l'innocence même.
» Je vous propose de le croire :
» cependant ; si vous vous y re-
» fusez, je n'ai pas promis d'user
» de violence pour tâcher de
» vous en convaincre. Au-reste,
» il n'y aura point de procès, à-
» moins que Caffardot ne juge à-
» propos d'en intenter. Mais, il
» n'en fera rien. Excepté celui-ci,
» tout ce monde affligé nous re-

» joindra demain à la ville. Les
» gens ne manqueront pas d'y ébrui-
» ter la fatale histoire de la cu-
» lotte ; & les bavardages extraor-
» dinaires , auquel tout ceci va
» donner lieu , nous fourniront
» d'amples ressources contre l'en-
» nui dans notre nouveau séjour. »

CHAPITRE XIV.

Conclusion des aventures précédentes.

« VOILA qui est bel &
» bon , Chevalier , dit Sylvina,
» quand il eut cessé de parler :
» mais je ne vois pas bien clair
» dans tout ce que vous venez de
» nous apprendre. Cette culotte !
» par quel hasard enfin se trouvait-
» elle chez Éléonore ? M. Caffar-
» dot l'y avait-il réellement ou-
» bliée après un tendre entretien ?
» Ou bien était-il coupable du tour
» infâme de l'y avoir introduite à
» l'insu de la demoiselle , par quel-
» que motif de vengeance ou de
» passion ? — C'est sur quoi l'on
» ne peut pas vous donner des
» éclaircissemens bien positifs , ré-
» pondit finement le Chevalier. Le
» crime du sournois Caffardot est

» une énigme , dont le caractère
» indéchiffrable du personnage rend
» la solution fort difficile. Peut-
» être , avec le temps , serons-nous
» mieux instruits. Mais faisons des
» gageures. Quoiqu'il y ait gros à
» parier qu'Éléonore n'est point in-
» nocente , je veux bien néanmoins
» risquer dix louis , & je dis qu'*elle*
» *n'a point couché avec Caffardot*..—
» Monsieur le Chevalier , interrom-
» pit Lambert , je tiendrais vos dix
» louis , s'il était permis de parier
» à jeu sûr. Je n'ai pas laissé que
» de m'instruire pendant cette fa-
» meuse nuit. Aprenez , à votre
» tour , les découvertes que j'ai
» faites. Quelle diable de maison
» que celle de ce Monsieur le Pré-
» sident !

» Le vin frelaté que nous avons
» bu à souper m'incommodait. J'ai
» eu besoin de sortir de mon apar-
» tement ; & , à force d'aller &

» de venir, j'ai enfin trouvé ce que
» je cherchais » . . . .

Lambert descendu ! . . . Sylvina
devenue rouge ; cela donnait à pen-
fer quelque chose. A-la-bonne-
heure, tant-mieux pour eux, si
ce que nous devinions était la vérité. Nous ne témoignâmes rien,
& nous le laissâmes poursuivre.

» J'allais remonter, lors que j'ai
» entendu marcher dans l'obscuri-
» té quelqu'un, qui retenait sa res-
» piration, & se coulait avec beau-
» coup de précaution le-long
» des murs. Tout-près de moi ce
» noctambule a ouvert, avec assez
» de bruit, une porte, qui, au-
» tant que je me le rapellais, de-
» vait être celle de la chambre à
» coucher de Madame la Prési-
» dente. Je n'en ai plus douté lors-
» que j'ai pris la peine de venir
» jusqu'à cette porte qu'on n'avait
» pas jugé à-propos de refermer.
» J'aime les scènes de nuit : je me

» suis donc glissé dans la chambre.
» Le noctambule, attendu par no-
» tre galante hôtesse, a été tutoyé
» familiérement & reçu sans façon
» dans le lit. Je n'avais pas envie
» d'écouter en chemise les peu in-
» téressans ébats de ce couple
» amoureux ; mais j'ai pensé qu'il
» serait aussi bon de veiller là
» qu'ailleurs : je retournai donc chez
» moi pour me chausser & pour
» endosser une redingotte, & je
» suis revenu tout-de-suite dans
» l'intention de recueillir quelque
» chose de divertissant, ou du-
» moins de lutiner un-peu les dé-
» linquans, s'ils ne me fournis-
» saient pas quelque meilleur moy-
» en de récréation. Moins adroit
» que la première fois, j'ai tou-
» ché tant soit peu la porte, qui
» s'en est plaint aigrement. La Pré-
» sidente a dit avec éfroi : --- Mon
» Dieu ! St-Jean, que viens-je
» d'entendre ? --- Ce n'est rien,
» lui a-t-on répondu ; c'est le

» vent ou quelque chat, La bonne
» Présidente s'est un - peu rassu-
» rée. . . . . Mais, de quoi
» riez - vous donc, vous autres ? --
Continuez, mon cher Lambert,
répliqua le Chevalier, c'est ce nom
de St - Jean qui me divertit. --- St-
Jean ne m'a point étonné, ripos-
ta Lambert. Eh ! qui diable , autre
qu'un valet bien payé , pourrait se
hasarder à fêter les immenses apas
dont nous parlons ! . . . .

» Quand je m'introduisis , c'était
» fait : un entretien familier rem-
» plissait les momens de relâche.
» --- Je suis très - mécontente de
» toi , disait la Présidente , sans
» prendre la peine de parler bas :
» tu es , je le vois bien , un petit
» volage ;· ton indolence actuelle
» m'en convaincroit assez quand je
» n'aurais d'ailleurs de quoi fonder
» certains soupçons . . . St Jean
» n'était pas orateur. Il se défen-
» dait mal. Madame s'est animée

» par dégrés ; & après avoir réca-
» pitulé tout ce qu'elle avait fait
» pour ce domestique ingrat, elle
» a mis le comble à ma surprise
» en disant que, si elle avait eu
» la bonté de tolérer quelques in-
» fidélités en-faveur des femmes-
» de-chambre , sa passion ne
» tiendrait point contre la honte
» & le desespoir d'avoir sa propre
» fille pour rivale ; qu'elle croyait
» avoir surpris, entre celle-ci &
» M. St-Jean, quelque signe d'in-
» telligence ; mais que, si elle ve-
» nait jamais à avoir des certitudes,
» elle ferait pendre le suborneur
» & renfermer l'éfrontée, pour le
» reste de ses jours. St-Jean s'est
» *donné au diable*, que rien n'était
» plus faux que ce goût prétendu
» pour Madlle Éléonore. Écoutez
» bien ceci, mes amis. —— C'est
» bien plutôt, a-t-il dit, sur ce
» ce vilain visage de Caffardot que
» Madame devrait jetter ses soup-
» çons. On ne dirait pas que le

grivois

» grivois y touche; mais il rôde
» jour & nuit en-dehors & en-
» dedans; & tout à l'heure encore
» au jardin . . . . Mais enfin . .
» on verra. Si l'on ne marie pas
» bientôt ces deux amoureux, il
» arrivera sûrement quelque malheur. Eh bien! M. d'Aiglemont,
avez-vous encore envie de parier ?
— Je ne me dédis pas, mon cher
Lambert; mais, continuez l'histoire.
» — Elle est finie. L'envie de rire,
» le froid & certain bruit que la
» Présidente a fait dans sa table
» de nuit, m'ont chassé de l'a-
» partement; j'ai regagné le mien
» (ou celui de Sylvina), consolé
» de mon indigestion, (en avait-
» il eu une ?) & de la perte de
» quelques heures de son sommeil.
» (Nous le crûmes bien payé d'a-
» voir veillé.)

Nous rîmes beaucoup de cette
nouvelle scène : &, raisonnant à
perte de vue sur tant d'événemens

II. Part.   X

étonnans , nous arrivâmes sans
nous être aperçu du trajet. Un
laquais de Monseigneur nous attendait aux portes de la ville pour
nous conduire à notre logement.
La situation , la distribution & les
meubles répondaient à l'idée que
nous devions avoir du bon goût
& de l'amitié de notre aimable
protecteur. Quand nous fûmes in-
stallées , le Chevalier nous quitta
pour aller embrasser son oncle ,
que nous le priâmes d'amener ,
le plus - tôt possible , auprès de
nous.

CHAPITRE XV.

Où l'on fait une nouvelle connais-
sance. Arrangemens raisonnables.

Nous logions chez une jeune
veuve d'une figure charmante &
mieux élevée que ne le sont ordinairement les petites bourgeoises
de province. Madame Dupré, c'est
ainsi qu'elle se nommait, parut
aussi-tôt que nous eûmes mis pié
à terre, & nous invita, de la
meilleure grace du monde, à prendre chez elle un dîner qu'elle avait
eu l'attention de nous tenir prêt.

Cette aimable femme nous
aprit, pendant le repas, que,
née de parens assez pauvres, elle
avait eu le bonheur de plaire à
un vieux caissier, autrefois amou-

reux de sa mère , & qui , devenu
dévôt & infirme , s'était retiré de
la capitale pour finir ses jours dans
sa province. L'honnête financier ,
à qui le grand nombre de ses
confrères , ne se pique pas de
ressembler , avait épousé , par reconnaissance , la fille de son ancienne amie , & lui avait donné
tout son bien. Les scrupules , l'âge ,
la maladie , enfin toutes les raisons
possibles ayant empêché le dévot
personnage de vivre en mari avec
sa jolie épouse , elle n'avait été
que sa compagne ; au bout d'un
an , il avait eu la bonhommie
de mourir. En - conséquence , Madame Dupré portait son deuil &
jouissait de dix mille livres de
rente & d'un riche mobilier. La
vielle mère , (pour lors malade ,
& qui ne dînait point avec nous ,)
vivait avec sa fille. Ces femmes
habitaient le rez - de - chaussée :
nous disposions du reste de la maison ; & nous pouvions être chez

nous aussi isolées que bon nous
semblerait; mais on nous priait,
avec la politesse la plus enga-
geante, de ne pas user à la rigueur
de cette facilité; ce que nous pro-
mîmes de bien bon cœur; car
Madame Dupré nous avoit tous
charmés dès le premier abord.

La franchise avec laquelle cette
jolie veuve nous mettait de la sorte
au fait de ses affaires, n'avoit pas
uniquement pour objet de satisfaire le besoin de jaser, si naturel aux femmes; l'attention qu'elle
faifait particuliérement à Lambert
pendant ses récits, & l'air de chercher à lire dans les yeux de cet
artiste l'impression que ce qu'elle
disait pouvait faire sur lui, nous
fit deviner que la sensible Madame
Dupré le regardait déja comme
quelqu'un qui pouvait devenir pour
elle un parti. Le cœur d'une jeune
veuve qui n'a connu ni les plaisirs, ni les peines du mariage,

est ardent à convôler. J'ai dit que
notre compagnon était de belle
figure ; le trait était décoché , &
le cœur de l'hôtesse blessé au vif.
Lambert sentait lui-même tout le
prix d'une conquête qui lui offrait
à-la-fois l'agréable & l'utile. Nous
achevâmes de lui prouver qu'on
avait sur lui des vues positives.
Sylvina , trop honnête pour qu'un
intérêt de pure coquetterie pût ba-
lancer en elle le devoir d'une sin-
cère amitié , fut la première à presser Lambert de faire assidûment
sa cour. Monseigneur , que nous
vîmes le soir avec son neveu , fut
enchanté du bonheur de notre a-
mi. Quant à nous , après le tu-
multe du caprice , il était temps
d'écouter la raison. Elle assignait
la tante à l'oncle ; & la nièce au
neveu : nous nous arangeâmes en-
conséquence , & nous fûmes tous
quatre fort contens.

CHAPITRE XVI.

Comme l'objet de mon voyage est manqué.

LE Président ne fut pas plus tôt
de retour avec sa famille, que nous
eûmes sa visite. Il me présenta M.
Criardet, le maître de musique
du concert, artiste sexagénaire,
dont la vaste péruque à la briga-
dière annonçait l'antique talent. Ce
grand personnage était suivi d'un
ex-enfant de chœur, qui succombait
sous le poids d'une douzaine d'*in-
folio* de musique. C'était tous les
vieux opéras Français, & d'admi-
rables *cantates* de différens maîtres.
Je pâlis, à la vue de ce gri-
moire, dont il me fut prescrit de
faire desormais mon étude, afin
d'être bientôt en état d'enchanter

mes auditeurs. Il ne s'agissait plus
ici de ce qui pouvait m'être familier : la musique Italienne n'avait
aucun accès dans ce péïs, ennemi
des innovations. Elle y était traitée
de *fredons* , de *papillotage* ; on niait
qu'elle fût *chantante* , qu'elle pût
peindre , *émouvoir*.

On n'y avait pas plus d'indulgence pour cette musique bâtarde,
à la mode depuis quelques années,
qui prend aussi le nom d'*Italienne*,
à-la-faveur de quelques plumes ar-
rachées au paon, & dont ce geai
maussade essaie mal-adroitement de
se revêtir. Cette sévérité, propre
à garantir de la contagion du mauvais goût, m'aurait paru raisonnable, si la prévention des amateurs avait été fondée sur des connaissances éclairées : mais, comme
elle ne l'était que sur un respect
fanatique pour le genre prétendu
national, je méprisai fort leur entê-
tement & j'eus un pressentiment

sûr du peu de succès qu'aurait
mon talent dans une ville où la
musique Française était une espèce
de religion.

En-éfet, accoutumée à la musique mesurée, phrasée, aux rou-
lades, aux traits saillans & légers,
je ne vins point à-bout de saisir
les beautés du genre établi. J'étais
sottement fidèle à la mesure ; je
n'avais pas assez de *timbre*, j'é-
clatais de rire au milieu d'un *ah!* ..
. . . .
Le Président & M. Criardet y per-
daient leur science. Ils m'excédaient,
je les envoyais paître ; un-jour
enfin, Monseigneur survint pendant
qu'on me persécutait pour me faire
brailler : *Ah! que ma voix devient
chère,* &c. tandis que je maudissais le
malheur d'en avoir une qui m'ex-
posait à tant d'ennui. Monseigneur,
qui haïssait la musique Française,
& sur-tout les pédans, mit M.
Criardet à la porte, lava la tête

au Président, lui soutint que mon
chant était fait pour plaire par-
tout ailleurs que dans une ville
barbare, digne patrie de l'ignorance
& du mauvais goût ; & conclut
en assurant qu'il ne souffrirait pas
que je débutasse au concert, dût-
il payer le dédit de mon engagement, ou faire venir à ses frais,
pour me remplacer, quelque vété-
ranne des chœurs de l'Opéra.

CHAPITRE XVII.

Peu intéressant, mais nécessaire.

UN hasard heureux me vengea
sur - le - champ de la musique Française, à qui je venais de jurer
une haine immortelle. A - peine
avais - je essuyé des disgraces à son
occasion, qu'elle reçut un violent
échec, dans cette même ville re-

gardée jusques-là comme le plus
impénétrable de ses retranchemens.

La comédie était mauvaise, &
par-conséquent peu suivie : il passa
une troupe d'excellens bouffons,
Italiens, qui, revenans d'Angleterre
& retournans dans leurs pays, se
trouvèrent manquer d'argent ; le
directeur eut le bon sens & la
hardiesse de les engager. On cria
d'abord à *l'horreur*, à *la profanation* !
cependant on voulut les entendre,
quelques-uns par curiosité, le
plus grand nombre avec l'intention
de les trouver pitoyables & de
les écraser sous le poids d'une
puissante critique. Mais, tel est
l'ascendant du beau sur la cabale,
que beaucoup de spectateurs furent
d'abord entraînés par cette nouvelle
musique, vive, pittoresque ; &
que la faction qui se proposait de
la siffler, perdit beaucoup de ses
membres. On était étonné de ne
rien perdre de ce que rendaient

des gens dont on n'entendait pas la langue. Tout était peint ; les chants séduisaient ; une exécution nette, moëlleuse soutenait l'attention & faisait craindre la fin des morceaux. Le concert de M. Criardet alla tout de travers, ses belles fugues déchurent de-moitié. L'amour de la vérité me force à dire qu'ayant mis en parallèle les croquis de musique du répertoire de ces Italiens, avec les tableaux surchargés de nos grands maîtres, quelques personnes raisonnables osèrent donner la préférence aux premiers. Le Président tomba malade de chagrin, & des mouvemens infinis qu'il s'était donnés pour empêcher le schisme. Mademoiselle Eléonore, qui cessait d'être, aux yeux de ses concitoyens, la première chanteuse de l'univers, fit de cette injustice le prétexte de ses mortels ennuis.

LA nouvelle troupe avait un

excellent orchestre ; le Chevalier s'en servit , & mit sur pié un concert qui aurait fait tomber à-plat celui de M. Criardet , si l'on se fût soucié d'enrôler tous les transfuges. Mais il y avait un choix à faire. On se garda bien de s'associer une foule d'imbécilles qui s'offraient , les uns par air , d'autres avec des intentions suspec-tes. On n'admit qu'un petit nombre d'amateurs , de bons sens , dont les connaissances & les voyages avaient épuré le goût , & qui ne ressemblaient en rien à leurs ridi-cules compatriotes. Il est vrai que ces honnêtes - gens , déchirés , tym-panisés , haïs de la demi - bonne compagnie , étaient peu répandus ; mais ils avaient le bonheur de se suffire , & les vains clabaudages de leurs détracteurs , loin de les mettre en souci , tournaient au-contraire , au profit de leurs amu-semens.

L'ONCLE & le neveu étaient fort goûtés de cette coterie. Le suffrage unanime, dont elle honora mon talent, répara bientôt le tort que pouvait m'avoir fait le jugement partial de Criardet & du Président. Je fus accueillie partout : &, en-dépit des gens, qui disaient avec dédain : *Qu'est-ce que ces femmes-là ? Fi ! comment peut-on les voir ?* nous étions, Sylvina & moi, de tous les plaisirs.

AUTANT nous étions détestées des femmes, autant le Chevalier l'était de certains hommes, Lambert de certains autres, & Monseigneur de toute la dévotion. Cependant il était impossible d'entamer ce Prélat. Rigoureux observateur des moindres bienséances de son état, exact à ses fonctions, grave, & en-aparence fort religieux, ayant, en-un-mot, tous les dehors que les gens en place doivent au public, le peuple le prenait pour un Saint , mais les caffards enrageaient de ne pouvoir ni le gouverner , ni se plaindre de lui. Personne ne savait mieux porter son masque ; il ne le quittait qu'avec ses vrais amis ; alors nous retrouvions toujours dans Monseigneur l'homme du monde , l'homme adorable ; & il était en - éfet l'homme adoré.

CHAPITRE XVIII.

Intrigues , conversation singulière.

NI Sylvina , ni le Chevalier , ni moi , n'étions gens à nous priver long - temps du doux plaisir d'être infidèles ; on agaçait la première , elle ne savait pas résister. Monseigneur avait bien peu de temps à lui donner pour les plaisirs solides ; & il en fallait abso-

Iument à Sylvina. D'Aiglemont
pouvait jetter par-tout le mouchoir ; il n'y avait pas une femme
un-peu passable dont il ne fût
plus ou moins agacé. Je n'éclairais
point sa conduite , tant qu'il parut
à peu - près le même à mon égard.
Quant à moi , j'étais excédée des
fadeurs , des lorgneries , & quelquefois offensée des offres utiles
qu'on hazardait de me faire. Comme
le beau Chevalier était visiblement
sur mon compte , on ne concevait
pas la possibilité de *m'avoir* autrement qu'à force d'or. Cependant ces
grossiers spéculateurs étaient bien
éloignés de deviner juste. J'adorais
d'Aiglemont ; mais un instinct in-
définissable me faisait penser malgré
moi - même à lui donner bientôt des
successeurs. Dupe de ma propre in-
constance , je croyais agir avec beaucoup de délicatesse , en mettant de
la sorte mon amant dans le cas de
profiter des bonnes fortunes qui lui
étaient offertes.

Je le voyais presque d'accord avec la Signora Camilla Fiorelli, qui joignait à beaucoup d'autres talens, ceux de chanter à ravir & d'être une excellente actrice. Argentine, sa sœur, moins habile peut-être, mais bien plus séduisante, faisait tout son possible pour avoir la préférence. De mon côté, je commençais à sentir un goût très-vif pour le jeune Géronimo Fiorelli leur frère, qui ne leur était inférieur ni par la figure, ni par les talens.

Sylvina & moi devions donc être éternellement en rivalité ! Aussi connaisseuse que moi, le mérite de Géronimo l'avait également frapée; sans que je m'en doutasse, elle avait pris l'avance, & le beau jeune-homme était déja dans ses filets. J'en eus un - jour des preuves accablan-tes. J'avais oublié quelque-chose en sortant; je rentrai & je vis ... ce qu'il est cruel de voir quand on

Z 3

aime..... Cette fatale découverte
acheva d'éclairer mon cœur. Le
serpent de la jalousie le mordit,
mes jours furent empoisonnés. Je
devins triste, rêveuse ; je fis mauvaise mine à mes amis, à Monseigneur, & presque au charmant
Chevalier. J'étais impatientée de
l'air de bonheur qu'avait tout le
monde, jusqu'à Lambert & Madame Dupré.

Je songeais jour & nuit au moyen
d'arracher à Sylvina l'aimable Fiorelli. Sans-cesse il était chez-nous,
mais on le gardait pour ainsi-dire
à-vue. Bientôt je fus sûre que le
soir, faisant semblant de se retirer,
il rentrait & partageait le lit de
mon heureuse rivale. Je n'avais pas
aussi régulièrement le beau Chevalier. Il imaginait mille mensonges
pour me dérober la connaissance de
ses perfidies. Tantôt un soupé, ou
une partie de jeu poussée trop avant
dans la nuit ; tantôt le soin de sa

santé , de la mienne , l'avait empêché de se rendre auprès de moi.
Ses caresses étaient languissantes.
Je ne pouvais me dissimuler qu'il
était épuisé , ou , ce qui me faisait
encore plus de peine , qu'il se mé-
nageait peut - être avec moi pour
briller ailleurs.

Thérèse m'aimait ; elle avait
de l'esprit , de l'imagination ; tout
ce qui concernait l'amour était
pour elle une affaire sérieuse , dont
elle était toujours prête à se mêler.
Je crus pouvoir lui confier mes
peines & leur cause , & je fis bien.
Je reçus en - éfet de cette bonne
fille tous les secours dont je pouvais avoir besoin.

--- » Ce beau M. Fiorelli , me
» dit - elle , n'est rien moins qu'in-
» sensible , je vous l'assure ; &
» Madame votre tante ne le tient
» pas si fort en son pouvoir, que
» vous ne puissiez vous - même

» bientôt le posséder. Vous piquez
» ma générosité, Mademoiselle ;
» & vous forcez mon secret dans
» ses derniers retranchemens: Apre-
» nez - donc que votre bel Italien
» n'est point amoureux de Madame (mon sang recommençait à cir-
culer, mon cœur se dilatait ; Thérèse me rendait la vie) --- » Je ne
» sais, continua-t-elle, quelle timi-
» dité déplacée a pu empêcher le
» jeune objet de votre amour de
» vous déclarer tout ce qu'il a
» pour vous. Sans - doute il me-
» sure la difficulté de vous inté-
» resser au désir qu'il aurait d'y
» réussir. Quoi qu'il en soit, M.
» Géronimo vous aime; il me l'a dit;
» & n'osant vous l'avouer à vous-
» même, il m'avait souvent solli-
» citée de vous pressentir... ---

JE grondai Thérèse d'avoir re-
fusé de rendre un service, qui par
contre - coup m'aurait beaucoup
obligée ; mais elle m'avoua franche-

ment que, trouvant aussi Géronimo fort à son gré, & se croyant
assez jolie pour mériter quelque
attention de sa part, elle n'avait
travaillé jusques - là que pour elle-
même, essayant de persuader au
modeste Italien qu'il serait impossible de m'enlever au Chevalier,
dont j'étais idolâtre. Et vous faites
sans - doute, tout ce qu'il faut,
Mademoiselle Thérèse, pour prouver à Fiorelli combien il serait
plus avantageux pour lui que ses
vœux s'adressassent à vous? --- Ah !
si je l'avais pu, Mademoiselle !
--- Comment? *Si vous l'aviez pu !*
--- Sans - doute ; ce n'est pas un
Caffardot celui - ci ! il eût été
plus traitable. Mais.... --- mais ?
Achevez : --- je vous dirai tout,
Mademoiselle..... Cependant soyez
tranquille : je me sacrifie.... & d'ailleurs que m'en reviendrait - il ? ....
Non, cela n'est pas possible ....
vous l'aurez, ma chère maîtresse ;
je le dois pour vous, pour lui,

pour moi - même.... Puis elle s'é-
chapa, les yeux noyés de larmes,
& me laissa fort étonnée, & sur-
tout très - satisfaite de notre singulier entretien.

CHAPITRE XIX.

Prompte négociation de Thérèse.
Entrevue.

LA joie du captif qui voit compter
l'argent de sa rançon & détacher
ses fers ; celle du marin, lorsque,
menacé du naufrage, il voit tout-
à - coup les vents s'appaiser & les
vagues s'aplanir, aproche à - peine
de ce que l'importante promesse de
Thérèse venait de me faire éprouver.
J'étais encore plongée dans une
douce rêverie ; mon ame s'égarait
avec délices dans les riantes pers-
pectives de l'espérance, quand

l'objet de ma passion me fut annoncé.

Sylvina n'était point à la maison : le mal-être dont je me plai-
gnais depuis quelques jours m'avait
servi de prétexte pour ne point l'accompagner ; j'avais saisi ce moment
pour parler à Thérèse de mon amour
jaloux & malheureux.... Elle ame-
nait le charmant Géronimo qui,
d'abord scrupuleux & timide, ne
voulait pas monter, mais ayant apris
que je serais bien-aise de le voir,
il s'était hâté de saisir l'occasion
que la ponctuelle vigilance de Sylvina pouvait empêcher de renaître.

Mon trouble fut extrême ; l'I-
talien était à peindre dans ce charmant embarras, qui donne un air
gauche aux plus charmantes figures ;
contrainte qui mésied, mais qui est
cependant si intéressante pour qui
l'occasionne, qu'on est flatié, dans
ces momens précieux à l'amour-propre, de voir l'ame de l'objet qu'on

aime , toute entière dans ses yeux,
& suffisant à - peine à admirer. A-
peine mon nouvel amant pouvait - il
se soutenir ; il trébucha , il s'assit
mal - adroitement , demeura muet...
& si l'adroite Thérèse n'eût frayé
bientôt une route à la conversation , de long - temps notre mal-aise
stupide n'eût aparemment fini. ---
» Nous sommes plus heureux que
» sages (dit - elle de fort bonne
» grace) vous osez aimer, j'ai osé
» parler en votre faveur , & je
» crois que nous n'aurons lieu , ni
» l'un ni l'autre , de nous repentir
» de notre témérité. Je vous laisse ,
» & vais me mettre aux aguets. »

Après ces mots, si Thérèse ne
s'était pas envôlée , j'aurais peut-
être jugé à-propos de faire quelques façons ; mais Géronimo tombant
à mes genoux, m'ôta tout - à - fait
cette présence d'esprit avec laquelle
une femme se défend ordinairement
lorsqu'un tiers la fait aller plus-

vîte qu'elle ne se l'était proposé.
Assommée de l'indiscrétion de Thérèse, émue de la passion que me
témoignait mon amant, trahie par
mes propres feux, je perdis absolument la carte. Jamais je n'avais
rien vu de si désirable que Géronimo, dans l'intéressante posture
d'un amant supliant : je ne tenais
plus contre l'impétuosité de ses
caresses, contre l'éloquence de ses
expressions, qu'un organe agréable
& l'accent Italien rendaient encore
plus touchantes. L'amour qui pé-
tillait dans ses yeux, dans les vives
couleurs de son charmant visage;
le délire pathétique de ses sens se
communiquait aux miens : j'étais
à mon tour muette, immobile;
mes mains, ma gorge étaient aban-
données à ses baisers. Le plaisir,
concentré dans mon ame, n'éclatait
au - dehors que par la rougeur de
mon visage & les oscillations pré-
cipitées de mon sein. S'il eût osé...

A ces premiers transports, il

en succéda de plus modérés ; Fiorelli me conta que, dès la première
fois qu'il m'avait vue, je l'avais
embrasé du plus violent amour.
» --- Je périssais de chagrin, ajouta-
» t-il, vous sachant amoureuse
» d'un cavalier trop digne de vous.
» M. d'Aiglemont m'éface, il est
» vrai, par la naissance, par mille
» belles qualités ; mais, divine
» Félicia, me permettrez-vous de
» me mettre à certains égards au-
» dessus de mon illustre rival, &
» de prétendre seul à la couronne
» que mérite le plus sensible, le
» plus passionné de vos adorateurs.
» J'avais eu de légères inclinations
» avant de vous connaître ; mais
» vous êtes ma première passion.
» Que ne pouvez-vous imaginer
» toute la violence de mon amour !..
» Que de vœux, que de projets
» déja formés !... mais surtout
» quel suplice que de me taire &
» de sacrifier, au bonheur de vous
» voir quelquefois dans cette mai-
» son, la délicatesse qui rend

» odieuses les faveurs d'une autre
» femme que celle dont on est
» épris ! Que j'ai maudit souvent
» mon étoile qui me condamnait
» si tyranniquement à servir celle
» qui était précisément le plus
» puissant obstacle entre vous &
» moi ! Vous l'avouerai-je ! Un
» sombre desespoir s'emparait déja
» de mon cœur & me dictait de
» m'arracher la vie. Argentine,
» qui m'est unie d'une amitié peu
» commune entre parens, savait
» seule à quel point j'étais à plain-
» dre, & prenait pitié de mon
» état. Elle m'avait promis de met-
» tre en usage tout ce que la na-
» ture a pu lui accorder de char-
» mes & d'esprit pour détourner
» de votre amour ce mortel fortuné
» qui forçait le mien au silence.
» Mais la jalouse Camille, qui
» veut plaire exclusivement, avait
» déja couché votre Chevalier sur
» la liste des hommes qu'elle se
» propose d'immoler dans cette

» ville à son insatiable coquette-
» rie. Et, pendant que l'insensible
» s'énorgueillit d'engager par ses
» prestiges un cavalier que toutes
» les Dames lui envient, la trop
» tendre Argentine aime tout de
» bon, & se consume pour lui.
» J'avais donc à la fois & le mor-
» tel ennui d'aimer sans espérance,
» & la douleur de voir ma chère
» Argentine malheureuse pour avoir
» voulu me servir...... ---

Géronimo, que j'écoutais avec un
plaisir inexprimable, allait continuer. Mais Thérèse, accourant,
nous annonça le retour de Sylvina
suivie de notre hôtesse & de l'ami
Lambert. Nous nous mîmes au
clavecin & commençâmes un *duo*
de chant. Thérèse assise & tra-
vaillant auprès de nous, avait l'air
de ne nous avoir point quittés. Il
eût été bien difficile à ma rivale,
malgré toute sa pénétration, de deviner qu'il venait de se passer une
scène si préjudiciable à son amour.

CHAPITRE XX.

Qui prépare à des choses intéres-santes.

Monseigneur était atten-tif à saisir les moindres occasions d'obliger ses amis. Mon état lan-guissant lui causait de vives in-quiétudes ; j'étais depuis quelque temps si différente de ce qu'il m'avait toujours vue, qu'il crai-gnait que je n'eusse des vapeurs, ou que je ne fusse menacée de quelque grande maladie. En con-séquence, voulant essayer de me distraire, il m'avait ménagé pour ce même jour la surprise agréable de quelques amusemens qui de-vaient remplir la soirée. D'Aigle-mont avait reçu de Paris de la musique admirable, nouvelle & destinée aux plaisirs des petits comités. Il s'agissait de me la faire entendre. Le Chevalier, deux jeunes Officiers, pleins de talens, avec lesquels il avait fait connaissance, & Géronimo, qui jouait supérieurement de la basse, suffisaient pour l'exécution. Ces pièces devaient être mêlées de quelques ariettes, chantées par Argentine & Camille. Après ce petit concert, nous soupions. Le projet était de beaucoup rire & boire.

Je ne savais encore rien de tout cela quand je vis les acteurs arriver à la file. Monseigneur vint l'un des premiers; les sœurs amenèrent avec elles une *Signora*, jolie, assez aimable, dont on avait besoin pour que le nombre des femmes fût égal à celui des hommes. Nous devions être en tout, les trois Italiennes, Sylvina, notre hôtesse & moi, Monseigneur, son Neveu, les deux Officiers, Lambert & le charmant Géronimo.

La musique fut trouvée délicieuse. Les concertans se signalaient
à-l'envi , animés du génie de
l'auteur & de la présence des
femmes. Les Fiorelli brignaient
avec prétention la gloire de se
surpasser mutuellement. Camille ,
malgré la supériorité de son art ,
avait peine à l'emporter sur le
naturel pathétique & le son de
voix insinuant de sa sœur. J'étais
moi-même pénétrée de leur chant ,
& j'avais la bonne foi d'avouer ,
au-dedans de moi , que j'étais
encore bien éloignée d'égaler ces
séduisantes sirènes. Guidées , cha-
cune par les mouvemens de son
caractère & de ses passions , dans
le choix des morceaux, ceux que
chantait Camille étaient fiers , écla-
tans , propres à développer une
voix étendue , à faire briller un
gosier exercé. Une netteté , une
précision unique dans les passages
de gorge, de la force , de la mo-
lesse tour-à-tour & à-propos ,

des tremblemens d'un fini , parfaits,
nous forçaient à l'admirer. Argentine soupirait mollement des chants
simples , mais pleins d'éfet , qui
peignaient avec magie , soit les é-
lans passionnés d'une ame amoureuse vers l'objet dont elle est
remplie , soit les peines intéressantes
d'un cœur dévoré d'une jalousie
secrette. Malheur aux insensibles
à qui cette inimitable chanteuse
n'aurait pu communiquer l'enthousiasme dont elle était elle - même
transportée , & qui lui aurait préféré les tours de force de l'artifi-
cieuse Camille !

La musique nous avait mis de
la plus agréable humeur. On voyait
sur tous les visages une nuance
de désir & de volupté. Le soupé
eût sans - doute été charmant , s'il
n'eût pas pris fantaisie au père
Fiorelli , suivi de certain jaloux,
mari de cette Signora qu'elles a-
vaient amenée , de venir subitement

chercher leur monde , qui s'était
engagé sans permission. Ce contre-
temps nous desespérait. On tint
conseil : Monseigneur fut d'avis
de retenir plutôt ces importuns
que de nous laisser enlever nos
Dames, & , quoique ce parti fût
desagréable , il passa néanmoins à
la pluralité des voix. Madame
Dupré, qui n'aimait pas les assem-
blées nombreuses & n'avait d'abord
consenti que par complaisance à
être des nôtres , disparut au moment de se mettre à table ; la
partie se détraquait d'autant plus,
que Lambert , qui devait partir le
lendemain de grand matin , pour
une emplette de marbres , décla-
rait aussi qu'il se retirait à minuit.
Tout cela fut cause qu'il arriva
des choses fort extraordinaires , &
qui valent bien la peine d'occuper
un chapitre.

CHAPITRE XXI.

Orgie.

QUAND Monseigneur se mettait d'une partie , on était sûr d'y trouver tout ce qui peut aiguiser & satisfaire les sens : il avait tout prévu. En un moment tout était exécuté : son génie de fêtes faisait sur-tout des prodiges à l'occasion de l'inpromptu dont il nous régalait. La chère était exquise. Les vins les plus rares , & en quantité , défiaient la soif & la curiosité des convives. Les quatre saisons , mises à contribution pour nos plaisirs , fournissaient à-la-fois à notre table des fleurs & des fruits étonnés de s'y rencontrer.

CE que la présence incommode

des deux Italiens nous ôtait de
liberté, tournant au profit de la
gourmandise, on donna de bon
apétit sur les services ; on but à-
proportion. Le père Fiorelli, sans
éducation, & vorace, pâturait,
humait du vin avec indécence :
son camarade, plus jeune & très-
plaisant, fut délicieux pendant
une partie du repas ; mais de-
venant d'une liberté téméraire
à-mesure que les rasades s'accu-
mulaient dans son estomac, il
donna bientôt à la compagnie
plus d'inquiétude que de plaisir.
Lambert buvait fort. Les Italiennes,
à l'exception d'Argentine, s'en
acquittaient assez bien pour des
femmes : Sylvina semblait se faire
une gloire d'enchérir sur elle : le
Chevalier, & ses deux amis, *trin-
quaient* & se conduisaient comme
des Suisses aux Porcherons, chan-
tant, criant, se débraillant, ju-
rant quelquefois & lutinant leurs
voisines. Ils mettaient sur-tout fort

mal à son aise la Signora, dont
le mari sourcilleux était présent.
Monseigneur, Géronimo & moi,
tous trois embarrassés, buvions
avec modération ; cependant à force
de goûter des vins & des liqueurs,
nous eûmes à notre tour de légères fumées ; mais cela n'alla pas
plus loin. Le Chevalier s'en tint
aussi à n'être que demi-ivre,
Sylvina pouvait passer pour être
plus que grise. On soutint Lambert sous les bras pour le conduire
à son apartement à l'heure con-
venue. Quant au père Fiorelli &
au bouffon, ils poussèrent les
choses à la dernière extrémité. L'I-
talienne, voyant son époux hors
d'état de veiller sur sa conduite,
acheva de s'échauffer la tête ; &
se rendant on ne peut pas plus
facile, elle commença la première
à donner lieu aux folies excessives
qui suivirent le repas.

Déja les mains avaient beaucoup

coup trotté ; déja les bouches &
les tetons avaient essuyé maints
hoquets amoureux, quand on se
leva de table. On y laissa les deux
Italiens, qui ne voulurent point la
quitter. Le peu de signes de vie
qu'ils donnaient encore n'étaient
que pour demander à boire & pour
jurer qu'ils ne bougeraient point de
là, tant qu'il y aurait une goutte
de vin dans la maison. La Signora
Camilla garda son ivrogne de père
& fit demeurer un valet pour le
secourir en cas d'accident. Tout
le reste de la compagnie, à l'exception du Chevalier, qui venait de
disparaître, passa de la chambre à
manger, au sallon, dont les deux
battans demeurèrent ouverts...

O pudeur ! que tu es faible quand
Vénus & Bacchus réunis te livrent
à la fois la guerre ! Mais est-il
absolument impossible que tu leur
résistes ? Ou n'es-tu pas plutôt
charmée de ce que la puissance

II. Part.   Bb

connue de leurs forces justifie ton heureuse défaite ?

J'y pense encore avec étonnement. A-peine eûmes-nous mis le pié dans le sallon, que l'un de nos Officiers, défié par les regards lascifs de Sylvina, & perdant toute retenue, l'entraîna vers l'Ottomanne, & se mit à fourrager ses appas les plus secrets. Elle ne fit qu'en rire. Bientôt l'agresseur, enhardi par l'heureux succès de son début, s'oublia jusqu'à manquer tout-à-fait de respect à l'assemblée. Sa partenaire, égarée, transportée, partageait ses plaisirs avec beaucoup de recueillement. Déja l'Italienne, mariée, suivait son exemple à deux pas de là, dans les bras de l'autre Officier, non-moins éfronté que son camarade. Argentina courait se cacher dans les rideaux des fenêtres pour ne pas voir ces groupes obscénes. Monseigneur l'y suivait par décence & par tempérament. Tout

le monde, occupé de la sorte, oubliait mon nouvel amant & moi
qui demeurions *médusés* au milieu
du sallon.... Un regard expressif
fut le signal de notre fuite. Ma
main tomba tremblante dans celle
du beau Fiorelli. Nous vôlâmes à
mon apartement, où je m'enfermai,
bien résolue de ne rejoindre la
compagnie, quoi qu'il arrivât, qu'a-
près avoir fait, bien à mon aise,
avec méditation, avec délices, ce
que je venais de voir faire aux
autres dans le délire de la brutalité.

CHAPITRE XXII.

Plaisirs d'une autre espèce.

IL existait enfin ce fortuné moment après lequel nous languissions
l'un & l'autre depuis si long-tems,
faute de nous entendre. Vous pou-

rez seuls en aprécier les charmes,
lecteurs délicats, pour qui de semblables instans ont eu lieu. Vous
ne vous en ferez pas une idée juste,
multitude libertine, aux plaisirs de
qui l'amour & la volupté ne pré-
sidèrent jamais, & qui vous rassa-
siez sans choix de faveurs vénales,
lorsqu'un besoin incommode aiguil-
lonne vos sens grossiers.

Qu'il était intéressant ce cher
Géronimo, les yeux étincelans des
feux du désir, le visage embelli
de l'aurore du bonheur ! qu'il
avait de graces à mes piés, serrant
contre mes genoux sa poitrine pal-
pitante, osant à-peine combler ses
vœux & les miens, quoique mon
trouble & ma retraite soudaine
eussent assez annoncé que je n'a-
vais plus rien à lui refuser : ses
mains semblaient respecter encore
mes apas, ou redouter le feu dont
ils étaient consumés. Sa bouche tenait la mienne fermée, comme s'il

eût craint d'entendre révoquer la permission qu'il avait d'être heureux. Nous n'allions pas au bonheur avec la rapidité du trait qui vôle à son but; mille gradations délicates nous y conduisaient lentement; la mêche brûlait avec économie: des plaisirs inexprimables suspendaient l'explosion des flammes dont nous étions intérieurement embrasés. Le premier instant où nos ames se confondirent fut un éclair. La foudre du plaisir nous anéantit. . . .

Nous goutâmes mieux, un moment après, les douceurs dont nous venions de nous ouvrir la source. Ce fut alors que nous jouîmes en nous possédant, & que nous pûmes apprécier les expressions flateuses dont nous nous caressions réciproquement pendant que nos ames se préparaient à une séconde réunion. Le même instant nous priva de rechef de toutes les fa-

cultés de notre être. Déja les plaies
de nos cœurs étaient guéries. Parfaitement contens l'un de l'autre,
nous prononcions, dans l'ivresse de
notre félicité, le serment de nous
aimer toujours....

Bientôt mon heureux amant
prit une nouvelle possession du
trésor dont l'amour venait de le
rendre maître. Lorsque, les yeux
éblouis du soleil, on passe tout-
à-coup dans un lieu sombre, on
n'y distingue d'abord aucun objet :
tel, revenu de son étourdissement,
Fiorelli me parcourait avec surprise
& m'avouait qu'il n'avait pas imaginé, dans le délire de la première
jouissance, la rare perfection des
attraits qui s'offraient à ses regards.

L'admiration fit renaître ses
désirs avec une nouvelle fureur. Il
venait de pousser les miens à l'excès
par de voluptueux préludes. Nous
nous unîmes avec les transports les

plus passionnés.... nos plaisirs ne peuvent se décrire.... Deux fois encore nous expirâmes dans les bras l'un de l'autre.... L'épuisement seul de nos esprits eût pu mettre fin à d'aussi ravissans ébats, si quelqu'un, qui frapait à ma porte à coups redoublés, ne nous eût arrachés à notre bonheur : il fallut cesser.... répondre.... ouvrir,

---

CHAPITRE XXIII.

Qui frapait, & des belles choses que je vis.

C'ÉTAIT Thérèse, fort effayée, Elle nous dit en entrant : » tout est » perdu, Mademoiselle, si quel- » qu'un ne trouve un peu de raison » & de bon sens dans ce moment » critique, & ne prévient le mal-

» heur dont nous sommes menacés.
» Une foule de gens amassés devant
» la maison depuis plusieurs heu-
» res , prétendent devoir prendre
» connaissance de ce qui se passe,
» parlent d'enfoncer les portes. Il
» est vrai qu'il se fait du haut en
» bas un tintamare affreux. On a
» entendu des cris chez Madame
» Dupré. C'est cet enragé de M.
» d'Aiglemont qui s'est fourré chez
» elle : Dieu sait ce qu'il y fait.
» On était collé aux barreaux. Les
» uns prétendent que la pauvre
» Dame a été maltraitée ; d'autres
» ricannent & présument qu'au-
» contraire elle a très - bien passé
» son temps : même tapage en haut.
» Ce gros cochon de Fiorelli, (je
» demande pardon à Monsieur) jure
» comme un diable après une de
» ses filles , qui se refuse à cer-
» tains caprices. . . . Près de là ,
» l'on entend rire , pleurer , crier ,
» ronfler , . . . on ne sait ce que
» tout cela veut dire. Cependant

» nous sommes fort embarrassés.
» Les domestiques n'osent rien pren-
» dre sur eux ; les maîtres ne pa-
» raissent point. Il n'y a point
» moyen d'éveiller M. Lambert à
» cause des sottises que M. le
» Chevalier fait à sa bonne amie.
» Ce serait bien pis, s'il allait y
» avoir guerre en-dedans. Rentrez-
» donc, Mademoiselle, au nom de
» Dieu ; paraissez dans le sallon ;
» engagez ces Messieurs à faire plus
» d'attention à ce qui se passe de-
» hors, & faites sentir à Monsei-
» gneur de quelle conséquence il
» est pour lui-même de n'être
» point vu dans cette maison, si
» la multitude qui l'assiége avait
» l'audace de s'y introduire violem-
» ment.

CE raport nous allarma beaucoup.
Géronimo, qui ne ressemblait à Mars
que dans les bras de Vénus, pâ-
lissait & demeurait dans l'inaction.
Plus brave, j'allai préparer les

moyens de nous défendre. De retour au sallon, j'y trouvai Monseigneur, suant à grosses gouttes,
& luttant vigoureusement avec
Argentine, qui se défendait de
même, non-moins échauffée, & les
cheveux presque épars. De l'or
répandu sur le parquet témoignait
que le Prélat avait essayé d'acheter
ce qu'il n'avait pu obtenir, ni de
bonne amitié, ni par force. Ma
présence délivra la délicate Argentine, qui vint aussi-tôt se jeter
dans mes bras. L'Ottomanne était
occupée par la lubrique Signora,
qui y remplaçait la non-moins
lubrique Sylvina. Ces Dames ayant
troqué d'Officier, la dernière s'était
retirée tout uniment, avec son nouveau cavalier, dans sa chambre à
coucher.

L'ITALIENNE dormait, un
pié à terre, l'autre sur le siége du
meuble; son complaisant, cul-nud
sur le parquet, dormait aussi, coëffé

des juppes, & ayant une cuisse
de la Dame pour oreiller. Une
porte ouverte laissait voir à-dé-
couvert l'autre couple ronflant dans
la posture où le plaisir l'avait laissé.
Plus loin, le père Fiorelli, ra-
pellant ce fameux sodomiste, échapé au desastre de sa patrie par
une faveur particulière d'en-haut,
bien dûe sans-doute à ses rares
vertus, martyrisait la pauvre Camille, pour l'obliger à rendre quelque service à certain membre usé
qu'il étalait & dont il espérait la
résurrection, brûlant d'imiter en
tous les points l'antique patriar-
che, à qui nous venons de le
comparer. Le bouffon, de même
en rut, en plus bel état que Fiorelli, & plus civil, était humblement aux piés d'un valet ; & ré-
cevait, sans se fâcher, de bonnes ta-
loches qu'il s'attirait par ses dé-
clarations passionnées, & par les
éforts indécens dont il hasardait
de les accompagner.

CHAPITRE XXIV.

Comment se termina la partie de plaisir.

J'Eus bien de la peine à ressusciter nos jeunes-gens : cependant je les arrachai d'auprès des femmes, qui ne s'en aperçurent point. Déja le Chevalier, armé d'un bâton, avait ouvert & frapait de grands coups ; ses deux amis parurent à-propos pour rompre un cercle, dans lequel on commençait à l'enfermer avec les plus méchantes intentions. Ce renfort puissant éfraya les assiégeans, ils gagnèrent au pié : les plus lestes furent les moins battus.

Le vieux Président, retardé dans sa course par le poids énor-

me de Madame son épouse, fut
un des traîneurs , & ce couple
nous demeura pour ôtages. On les
avait reconnus & ménagés : on les
fit même entrer en leur témoignant
beaucoup d'égards. Madame la Présidente , pour lors en sûreté ,
pensa qu'il n'était pas hors de
propos de s'évanouir ; elle perdit
connaissance avec beaucoup de
grace ; le Président marquait les
plus vives inquiétudes au sujet de
sa fille Eléonore dont le conduc-
teur avait été l'un des rossés. Cependant on se renferma. Un Officier se mit en sentinelle devant
la porte , dont personne n'osa plus
aprocher. La lourde Présidente reprit, au bout d'un temps convena-
ble, l'usage de ses sens. On parla,
on s'entendit. C'était chez Madame Dupré ; nous étions le Président, sa femme , le Chevalier ,
un Officier, Thérèse & moi ; le
reste de la compagnie tremblait,
dormait, ou vomissait en - haut ;

bientôt les deux sœurs nous re-joignirent ; leur frère descendit le dernier , plus mort que vif. Il n'y eut que Monseigneur qui ne parut point , à cause du Président , & qui fit bien.

Nos prisonniers de guerre nous contèrent que plusieurs amateurs , & eux-mêmes , nous sachans réu-nis , s'attendaient à quelque musi-que après le soupé ,& s'étaient ainsi rassemblés , malgré la rigueur de la saison. Cependant , au-lieu d'un concert , on n'avait entendu qu'un vacarme affreux ; & conformément au bon esprit de la province , on avait clabaudé , chacun avait ha-zardé des conjectures & donné son avis ; le Président , sans la moindre humeur , & de très-bonne foi , soutenait que tout ceci ne man-querait pas d'occasionner un gros procès criminel. Mais nos jeunes-gens s'en moquaient & prétendaient que les citadins étaient trop heu-

reux de s'être tirés de la bagarre
avec leurs bras & jambes. Les
curieux étaient en-éfet dans leur
tort, ayant menacé d'enfoncer les
portes.

PERSONNE ne s'éfraya donc
des suites que pouraient avoir les
nombreux coups de bâton qui ve-
naient de se distribuer. Les nôtres
ne s'étaient pas servis d'épées, quoique quelques combattans de l'autre
parti eussent tiré courageusement
les leurs en fuyant.

DÈS qu'on ne vit plus personne
dans la rue, & que le Président
& Madame se furent retirés, escor-
tés d'un de nos Officiers, on mit la
police dans l'intérieur : les crapuleux Italiens furent conduits par
des valets, qui les portèrent chez
eux. La Signora, qui avait fait cocu
son jaloux avec tant d'éfronterie,
redevenue de sang froid & confuse,
demandait humblement le secret ;

on le lui promit. Monseigneur, accompagné de son neveu, reprit secrettement le chemin du Palais Episcopal, à pié, en manteau bleu & en chapeau bordé. Géronimo se chargea de ses sœurs. Madame Dupré, très-méconte à ce qu'il paraissait, se barricada chez elle. Je fis deshabiller & coucher Sylvina qui n'était pas encore tout-à-fait quitte de ses vapeurs. Thérèse vint ensuite réparer le desordre de mon lit; je m'y mis, non sans nécessité, recevant de la part de ma rivale subalterne des complimens badins qui me parurent assez sincères.

CHAPITRE XXV.

*Méchans confondus. Inconvéniens de
la charité, qui cependant ne doivent
pas rebuter les bons cœurs.*

LE Commandant était de la bonne
société : toute la satisfaction qu'il
donna le lendemain aux principaux
battus qui recoururent à lui, fut
de faire prier nos jeunes-gens de
venir s'expliquer avec eux en sa
présence ; mais les accusateurs,
loin d'être vengés, reçurent au-
contraire une sévère réprimande,
quand les accusés eurent assuré qu'il
avait été question d'enfoncer les
portes. Personne du dedans ne se
plaignait, quoiqu'on fût venu de
grand matin suplier Madame Dupré de porter sa plainte en justice,
pour peu qu'elle en eût sujet.

Mais cette femme était bonne ; dans cette affaire sur - tout elle devait, pour elle - même, ne point séparer ses intérêts des nôtres. D'ailleurs elle nous aimait & l'on n'avait pas voulu lui faire de mal. Elle n'avait donc pas bien reçu les députés de nos ennemis. En vain le chef de la police bourgeoise, qui était de la clique des sots, voulut remuer de son côté : il ne vint à - bout de rien. La haine & l'envie n'eurent qu'une bruyante, mais inutile explosion. Et les desœuvrés, qui attendent toujours l'événement pour juger, se moquèrent encore du parti qui avait reçu les coups.

LAMBERT était parti de grand matin sans avoir apris un mot de notre aventure. Il y était pourtant pour quelque chose : nous nous en doutions. Madame Dupré qui monta d'abord après son dîné, nous mit plus au fait : voici ce qu'il lui était arrivé.

Le Chevalier , sentant un besoin au sortir de table , était descendu. Sa téte , comme l'on sait , n'était pas bien nette. En revenant , le pié lui manqua dans l'escalier : il tomba , son flambeau fit grand bruit. Madame Dupré se couchait alors & quittait sa dernière jupe. Effrayée de la chûte , elle ouvrit ; & voyant que c'était le Chevalier , pour qui elle avait beaucoup d'amitié ; elle fut à son secours. Il avait une écorchure à la jambe. La serviable veuve s'affligea beaucoup , offrit du taffetas d'Angleterre & reçut sans aucune méfiance le dangereux blessé dans son apartement. . . .

Elle en était là de son histoire , quand le Chevalier nous fut annoncé. La belle veuve rougit. On vit sur son visage un mélange de honte , de colère & pourtant une nuance

d'intérêt. D'Aiglemont n'avait pas
sa sérénité ordinaire. Sylvina, fa-
tiguée & se reprochant ses excès
de la veille, ne paraissait pas à
son aise ; moi seule, sans remords,
dont les autres ignoraient absolument l'escapade, j'étais calme &
n'éprouvais rien qui pût troubler
le plaisir qu'attendait impatiemment
ma curiosité.

On gardait le silence : le Chevalier le rompit à l'occasion des
larmes qui s'échapaient des beaux
yeux de Madame Dupré, malgré
les éforts qu'on lui voyait faire pour
les retenir.

--- » Se peut-il, belle Dame,
» lui dit d'Aiglemont avec attendris-
» sement, & lui serrant les mains,
» se peut-il que les misères qui
» se sont passées cette nuit, vous
» affligent & me forcent à des
» remords qui me déchirent le cœur !
» --- Laissez-moi, Monsieur, lais-

» sez - moi , vous m'avez outragée ;
» vous m'avez rendue malheureuse
» pour le reste de mes jours. --- En-
» vérité , ma belle Madame Dupré ,
» c'est pousser trop loin la délica-
» tesse , & tout cela ne mérite pas...
» --- Chacun a sa façon de penser ,
» Monsieur ! la mienne. ... --- A
» la bonne heure ; mais un mal-
» heur , un cas extraordinaire , dai-
» gnez donc lever les yeux sur
» moi.... --- Perfide , laissez - moi ,
» comptez pour jamais sur mon
» mépris & ma haine. Il n'y a
» donc rien de sacré pour vous ,
» si vous ne savez respecter ni
» l'hospitalité , ni la faiblesse d'une
» femme & les sentimens que vous
» lui connaissez pour un galant-
» homme , qui est de vos amis ?
» --- J'avoue mes torts , je suis un
» monstre , (le fripon était à genoux
avec ces graces séduisantes que
nous connaissions si bien) » très-
» charmante Madame Dupré , je
» me suis conduit bien indigne-

» ment ; mais que sert-il de dé-
» plorer un mal auquel il n'y a
» plus de remède ! Voulez-vous
» l'empirer ? lui donner des suites
» affreuses ? --- Comment, inter-
» rompit Sylvina , témoignant un
» grand intérêt, il s'agit, à ce que
» je vois, de choses bien graves,
» (l'accusé restait à genoux, hum-
» ble , contrit à peindre.) Dispen-
» sez - moi, Madame, répondit la
» veuve, dispensez-moi de vous con-
» ter mon oprobre .--- Je vais vous
» épargner la peine de conter, inter-
» rompit le coupable Chevalier. J'ai
» été assez malheureux, Mesdames,
» pour perdre hier la raison ; c'est
» la première fois de ma vie que
» cela m'est arrivé... je... --- Nous
» savons tout jusqu'au taffetas d'An-
» gleterre , dit Sylvina. Le Che-
» valier sourit involontairement &
» continua. Eh bien donc ! Mada-
» me en cherchait : elle avait tant
» à cœur de me procurer du sou-
» lagement, qu'elle oubliait de dé-
» rober à mes regards une gorge

» admirable. ... des yeux charmans
» me brûlaient à travers la den-
» telle d'une coëffe de nuit ... mise
» le plus galamment du monde ;
» un corps parfait , habillé d'une
» simple chemise & d'un corset
« à-peine attaché ! ... des jambes...
« uniques , & nues, dont je voyais
» la moitié ! .... je vous demande
» un-peu, quel homme eût pu
» résister à tant de charmes, dans
» un moment d'ivresse ? Mainte-
» nant, de sang froid & le cœur
» nâvré, je n'y pense pas sans trans-
» port ! » Madame Dupré se ra-
doucissait en dépit d'elle-même,
disant cependant par décence ,
» passez , passez, Monsieur ; ces
» éloges ne peuvent me flatter ; il
» m'en coûte trop cher d'avoir eu
» le malheur de vous paraître dé-
» sirable. --- Je poursuis, Mesda-
» mes. Il est vrai que je fus in-
» solent ; j'osai porter sur ce que
» j'admirais une main trop hardie...
» Tant de fermeté; un satin si blanc,

» si fin., si doux, acheva de me
» mettre hors de moi.... Je me
» déteste.... mais cette ivresse
» maudite.... j'épargne la pudeur
» de Madame & vais finir en deux
» mots. Oui, je m'y suis pris bru-
» talement. Elle n'était point sûr
» ses gardes. Mes premiers mou-
» vemens, quoique déjà trop libres,
» ne l'avaient encore que légérement
» effrayée.... je la saisis.... elle
» crie.... je fais certaines tenta-
» tives. Elle crie plus haut......
» mais je ne me possède plus. Le
» lit se trouve là par malheur;
» Madame y tombe dans l'attitude
» la plus avantageuse pour moi...
» J'en profite, elle n'a plus la force
» de crier &.... Fort bien, dit
» Sylvina, après avoir écouté très-
» attentivement cette confession in-
» téressante. Voulez-vous, mes
» amis, continua-t-elle, que je
» vous dise mon avis de tout ceci?
» Madame Dupré ne s'en fâchera-
» t-elle pas? — Il faudra voir

» Madame, dit honteusement la
» nouvelle Lucrèce. --- Je m'en ra-
» porterai entièrement à Madame
» Sylvina, dit l'intéressant Tarquin.
--- Nous attendions tous avec beaucoup d'impatience ce qu'allait dire
Sylvina qui se préparait avec un
air d'importance. Elle fit, avant de
parler, une pause, comme un
orateur après l'exorde de son dis-
cours. Je vais aussi reprendre ha-
leine.

CHAPITRE XXVI.

Suite du précédent. Aveu de Madame
Dupré. Racommodement.

AINSI parla Sylvina : » Je vous
» avoue tout net, ma chère Dame
» Dupré, que si je ne donne pas
» raison au Chevalier d'après ce

II. Part.   Dd

» qu'il vient de raconter, cela ne
» m'empêche pas de desaprouver
» beaucoup la manière dont vous
» vous êtes conduite vous-même.
» Au-fond, il n'y a de grave
» dans toute votre affaire que les
» cris qui vous ont mal-à-pro-
» pos échapé. Qu'en espériez-vous ?
» des secours ? de qui ? des fem-
» mes ? qu'auraient-elle pu ! de
» nos jeunes insensés ? loin de se
» mêler de réparer les torts du
» Chevalier, ils ne songeaient au-
» contraire qu'à en avoir eux-mê-
» mes d'aussi grands. Comptiez-
» vous sur Lambert ? il eût été
» cruel de mettre pour un badi-
» nage votre amant & votre ami
» dans le cas de s'égorger. Quant
» à votre réputation, si c'était
» pour elle que vous craigniez,
» soyez sûre que vous vous com-
» promettiez mille fois plus, en
» donnant, comme vous l'avez fait,
» à soupçonner que vous étiez aux
» prises avec quelqu'un ; ne se fût-il

» passé rien de sérieux ; que vous
» ne l'eussiez été, si vous aviez
» fait sans bruit & de bonne amitié,
» des folies avec un galant-homme,
» qui n'aurait point été les publier.
» Vous aimez Lambert : voilà qui
» est au-mieux. Ces liaisons de
» cœur peuvent être fort respec-
» tables ; mais l'occasion & le tem-
» pérammeut ont leurs droits que
» toutes les prétentions du senti-
» ment ne peuvent altérer. D'ail-
» leurs, vous ne devez rien à un
» homme qui n'est pas encore votre
» mari : vous êtes jeune, belle &
» riche, vous serez dans tous les
» cas un excellent parti pour l'ami
» Lambert, qui n'a pour tout bien
» que son mérite & ses talens.
» C'est à lui seul que vous feriez
» tort, si par votre faute il venait
» à savoir ce qui vous est arrivé ;
» il se trouverait alors réduit à la
» fâcheuse alternative ou de faire
» une bassesse, en vous épousant
» avec une tache avouée de vous-

» même, où de renoncer, par une
» délicatesse mal - entendue, au
» mariage qui doit assurer sa for-
» tune & son bonheur. Votre état
» de veuve vous dispense de lui apor-
» ter en dot le rare joyau d'un
» pucelage.... Vous n'avez, il est
» vrai, que trop publié que vous
» étiez dans le cas de faire ce pré-
» sent à un second mari.... mais...
» — Madame Dupré, interrompit
» le Chevalier, soyez franche,
» dites la vérité.... là!.. en con-
» cience. — La pauvre Madame
Dupré rougit excessivement. *Primò ,*
continua le Chevalier, » j'avoue
» que l'homme le plus connaisseur
» peut se tromper en matière de
» pucelage. Pourtant.... je sens
» que malgré toute l'envie que j'ai
» de ménager Madame, il me sera
» difficile de mettre, sans impo-
» litesse, certaine idée au jour...
» Entre nous, ma charmante Ma-
» dame Dupré, vous le prendrez
» comme il vous plaira ; mais il

» m'a semblé.... & je crois pou-
» voir assurer en homme d'hon-
» neur..... — Ah ! j'entends,
» interrompit Sylvina. Pour le coup
» ceci change entièrement la thèse.
» Mais maintenant rien de plus
» clair que votre affaire : nous
» nous allarmions inutilement. Eh
» bien ! tout est dit. Lambert ne
» saura rien : il épousera d'ici à
» son retour : Madame aura fait
» ses réflexions & sera consolée.
» *Pures misères ;* en éfet, le Che-
» valier avait raison de le dire.
» Rendez-lui justice, belle Dame.
» Là, un peu de préjugé ? Un peu
» de sentimens romanesques ? Un
» peu de rouille provinciale ? Voilà
» d'où viénnent vos scrupules. On
» vous en guérira. Le futur est
» précisément l'homme qu'il vous
» faut. Il ne s'agit plus de ce que
» ce démon-là vous a fait. Vous
» êtes encore au même point, &
» ce n'est plus son escapade qui doit

» vous embarrasser vis-à-vis de
» l'ami Lambert. . . . ---

La jolie veuve ainsi scrutée,
n'avait pas grand'chose à répliquer.
Elle se vit forcée de se justifier
d'un mensonge inutile, dont nous
commençions de la soupçonner,
car elle avait en-éfet voulu se
faire passer pour vierge.

--- » Je suis bien malheureuse,
» dit-elle, de me voir réduite à
» vous avouer une grande faute,
» plutôt que de vous laisser pen-
» ser que je suis une menteuse,
» une bégueule, ce qui me ren-
» drait bien plus méprisable à vos
» yeux qu'une tendre faiblesse.
» Non, Mesdames, je ne songe
» point à nier ce que le Chevalier,
» par trop connaisseur, vient de
» donner à entendre. Hélas ! j'en
» conviens, je n'étais plus hier ce
» que je me glorifiais d'être quand
» vous arrivâtes ici. Mais. . . sachez

» que c'est Monsieur Lambert....
» & quand! l'avant - veille !.... Il
» faut avoir bien du guignon, lui
» de recevoir si-tôt une injure,
» moi de la lui avoir faite, lors-
» que j'y songeais si peu...

Les réflexions *sentimentales*, où
se jettait la belle affligée, nous
firent beaucoup rire : le Chevalier
était redevenu sémillant, caressant ;
nous parvînmes à rassurer la Dame
& obtînmes qu'elle embrassât, sans
rancune, son aimable ennemi ; celui-ci rentrant, malgré lui, dans
son véritable caractère, sut nous
aprendre fort adroitement, que si
l'on avait crié pour la première
sottise, les autres n'avaient cependant souffert aucune difficulté ;
Madame Dupré convenait de tout,
s'excusant sur ce qu'elle avait perdu
la tête. Nous savions par expérience combien il était difficile de
la conserver avec notre Adonis.

La conversation se fixa sur la matière agitée ; Madame Dupré montrait, par son attention, son sourire & ses questions ingénues, qu'elle avait les plus heureuses dispositions du monde à devenir bientôt une femme de plaisir. Aussi facile à consoler, que prompte à s'affliger, elle ne voyait déja plus dans ce fripon de Chevalier, si détestable un quart - d'heure auparavant, qu'un homme charmant, avec qui les femmes qu'il attrapait ne pouvaient encore que s'aplaudir d'avoir fait de voluptueuses extravagances.

CHAPITRE XXVII.

Jalousie des sœurs Fiorelli ; malheur dont Argentine & le Chevalier sont menacés.

LEs lecteurs , accoutumés à mon exactitude , m'accuseraient peut-être d'en manquer ici , si j'omettais de les mettre au-fait des motifs qu'avaient eu les sœurs Fiorelli de se conduire si sagement à notre partie, tandis que les autres acteurs s'étaient livrés , chacun à sa manière , à toute la fougue de leur tempérament. Ces Demoiselles , dira-t-on , furent bien réservées pour des Italiennes , & pour des Actrices ? Comment la contagion de l'exemple ne les gagna-t-elle pas ? Camille remplit pieusement un devoir filial ; s'ex-

pose à des persécutions; les en-
dure patiemment ? Argentine ne
céde ni aux vapeurs du vin, ni
à l'éloquence persuasive, ni même
à l'art d'un Prélat aimable & vi-
goureux ? Les scènes lascives, qui
se succèdent rapidement autour
d'elle, n'allument point ses désirs ? Quelle invraisemblance ! —
Un moment.

Vous vous souvenez sans-doute
que Géronimo m'avait parlé des
vues que ses sœurs avaient toutes
deux sur le beau Chevalier ? Quand,
au sortir de table, celui-ci s'é-
clipsa, les rivales durent penser
qu'il ne tarderait pas à reparaître.
Camille, en-conséquence, s'était,
à dessein, emparée du poste avantageux de l'anti-chambre; il y
devait passer, elle serait vue la
première; il sentirait que c'était
pour lui seul qu'elle se séparait
ainsi de la tumultueuse assemblée.
Argentine avait aussi fait des cal-

culs. Depuis quelques jours elle
était en faveur ; & Camille per-
dait de son empire. La présence
d'un père & la mauvaise odeur
de l'anti-chambre devaient empêcher d'Aiglemont de s'y arrêter :
il venait droit au sallon , on ob-
tenait le mouchoir. L'une ou l'autre
aurait sans-doute réussi , sans les
obstacles qui retinrent le Chevalier. Argentine sur-tout voyait
bien , pourvu que Monseigneur
entrât dans les vues de décence
dont elle lui donnait finement l'exemple , lorsqu'on commençait à se
culbuter dans le sallon. Elle s'était ,
comme on sait , modestement en-
velopée dans les rideaux , un Prélat ne devait pas être plus difficile à scandaliser qu'une cantatrice :
il était à présumer qu'il se reti-
rerait sur-le-champ d'un endroit
où la dignité de son caractère se
trouvait si grièvement compromise.
Et point du tout ! . . . . . . Voilà
comment ces Dames, qui n'étaient

d'ailleurs rien moins qu'intraitables, furent si sages ce jour - là.

Argentine & Camille, ayant des caractères fort opposés, ne vivaient point bien ensemble ; ce fut pis que jamais à l'occasion du beau d'Aiglemont. Il adoucissait enfin les peines de l'amoureuse Argentine ; Camille absolument abandonnée, s'aperçut trop du bonheur de sa rivale : car le Chevalier n'était pas homme à mettre du mystère dans ses amours. Les Italiennes ne suportent pas avec autant de résignation que nous autres Françaises, l'affront humiliant de l'infidélité. Je n'avais eu qu'un peu d'humeur de me voir suplantée par ces étrangères ; mais Camille se desespérait & faisait mille éforts pour rompre la nouvelle liaison. Inutilement : Argentine avait tant de passion & de charmes, que les intrigues de sa sœur ne prévalurent point. Bientôt celle-

ci

ci , poussée au dernier degré de
jalousie , ne respira plus que le
désir de se venger d'un couple
odieux.

Il y avait dans la maison des
Fiorelli une femme surannée, sans
cœur , sans mœurs, ancienne con-
cubine du père , sa digne émule
dans les plus crapuleuses débau-
ches ; espèce de duegne protec-
trice de l'avide Camille , dont elle
arrangeait les parties , & tyran
acharné de la délicate Argentine ,
qui ne voulait avoir que son cœur
pour intendant de ses plaisirs.

Ce fut dans le sein de ce monstre , déja coupable de plusieurs
crimes , que Camille répandit ses
fatales confidences. L'infernale duegne fut enchantée de trouver une
occasion aussi favorable de se venger des mépris dont Argentine ,
soutenue de Géronimo , ne cessait
de l'accabler. Cette forcenée n'a-

vait jamais eu d'humanité. Elle ne
vit point d'autre remède aux maux
de sa pupile chérie que la mort
de ceux qui les occasionnaient. Elle
conclut dont à se défaire au plutôt
d'Argentine & du Chevalier. Camille frémit d'abord ; mais l'infâme
conseillère sut si bien exciter son
ressensiment, en lui rapelant plusieurs occasions où, se trouvant
déja rivales, Argentine avait eu
la préférence ; elle prouva si bien
que ce pourait être encore de-même
à - l'avenir, qu'enfin, entraînée par
la Tysiphone , Camille souscrivit.
La duegne se chargea de lui procurer bientôt le doux plaisir d'une
sûre & cruelle vengeance.

CHAPITRE XXVIII.

Repentir de Camille. Fin tragique de la duegne.

LE Chevalier s'était mis sur le pié de venir familièrement & à toute heure chez les Fiorelli depuis son arrangement avec Camille, favorisée de la duegne qui gouvernait absolument le père. Les soins du galant ayant changé d'objet, on eût bien désiré de l'éloigner : mais sous quel prétexte ? On devait des égards à sa naissance, à son état : il était homme à faire un mauvais traitement à qui se fût oposé à ses assiduités ; cependant si la jalouse Camille avait d'abord beaucoup souffert des entrées libres du Chevalier, elles devenaient désormais nécessaires à l'exécution du fatal projet. La vengeresse était toujours pourvue de poisons subtils ; il ne s'agissait plus que de trouver occasion d'en faire usage.

Le hazard voulut que d'Aiglemont se trouvant le lendemain de bonne heure chez les Fiorelli, Argentine l'invitât à prendre du chocolat en famille. La sœur & le frère unirent leurs invitations ; d'Aiglemont accepta.

Ce fut la rancuneuse Camille, dont on était bien éloigné d'interpréter la perfide joie, qui se chargea de donner les ordres nécessaires. Elle alla trouver l'exécrable duegne, qui se mit aussi-tôt à l'ouvrage. On convint d'aporter le chocolat tout versé dans quatre tasses, deux blanches, empoisonnées, dont Camille aurait soin de présenter, l'une au Chevalier & l'autre à sa sœur ; & deux colo-

riées, naturelles, dont une serait
pour le frère & l'autre pour Camille
elle - même. Le père Fiorelli était
déja depuis long - temps à la ta-
verne. Le crime ainsi concerté,
Camille rejoignit la compagnie...

MAIS à - peine fut - elle rentrée
qu'un frisson violent agita tous ses
membres, son visage devint pâle,
livide ,.... elle s'évanouit. On
s'empressa de la secourir, on lui
fit respirer des sels ; elle revint....
» Ah ! mes amis, que je suis heureu-
» reuse, s'écria - t - elle, avec une
espèce de transport, voyant qu'on
n'avait pas encore servi le chocolat!
» Mes chers amis, gardez - vous
» de goûter du fatal breuvage qui
» va paraître ! ... il y va de tes
» jours ma pauvre Argentine... &
» des vôtres, cruel, » (tendant en
même - temps les mains à sa sœur
& au charmant Chevalier.)

PUIS elle leur conta ce dont

Ee 3

il s'agissait; commment son abo-
minable confidente l'avait excitée
au fatal projet; comment elle avait
eu la faiblesse de s'y prêter. Sa
confession était mêlée des épithè-
tes les plus outrageantes pour elle-
même.... On entendit enfin le
pas de l'exécrable exécutrice. Camille pria qu'on se contraignît.
La duegne parut avec un front
assuré, portant les quatre tasses,
sur un plateau. Elle vanta beaucoup la qualité du chocolat, &
le talent qu'elle avait de le préparer supérieurement. Puis ayant fait
un second voyage, pour aporter
des échaudés, elle vit avec joie
que chacun avait devant soi, la
tasse qui lui était destinée ; on
paraissait attendre pour déjeûner
que la boisson, qu'on transvasait
des tasses dans les soucoupes fût
un peu refroidie. Cependant Géronimo dit qu'il ne se sentait point
d'apétit & remit une des tasses
coloriées sur le plateau. L'infâme

empoisonneuse , trompée par la couleur , demanda cette tasse , & de la sorte , donna d'elle-même dans un piége qui venait de lui être tendu. Pendant qu'elle avait été dehors , on s'était hâté de substituer proprement au chocolat naturel , qui était en premier lieu dans la tasse coloriée , celui que devait avaler l'un des deux proscrits. Géronimo , cruel , comme tous les lâches , ne put être dissuadé de venger ainsi sa chère Argentine. Le Chevalier , éfrayé de tout ce qui se passait , n'osa avertir la perfide duegne. Géronimo avait prévu sa gourmandise lorsqu'elle emporta le chocolat ; il la suivit , sous prétexte de se faire donner quelque chose qu'il demandait , mais en-éfet pour empêcher qu'elle ne partageât avec quelque domestique la fatale mixtion. Il eut la satisfaction de la lui voir avaler avec sensualité.

L'ÉFET fut prompt. D'afreuses

convulsions l'annonçaient presque
sur-le-champ. Une servante éfrayée
courut apeler des docteurs ; mais
ce fut envain : la duegne, vomissant
mille imprécations, voulut noircir
en mourant la coupable & repen-
tante Camille ; la scélérate, heureusement ne savait pas un mot de
français : ses dépositions décousues,
ne furent comprises ni des méde-
cins, ni des spectateurs ; il était
évident qu'elle-même avait préparé
le chocolat. Celui qui existait encore & qu'on avait mêlé constatait
quelque dessein criminel ; mais ce
secret demeurait entre les intéressés
& ne pouvait se découvrir. La duegne venait d'exhaler son ame atroce
quand le père Fiorelli rentra. Le
crime de son amie fut regardé comme un acte de démence, & n'eut
aucunes suites.

CHAPITRE XXIX.

Qui fera plaisir aux partisans de Monseigneur & de son Neveu.

D'AIGLEMONT vint nous voir aussi-tôt qu'il sortit de la maison fatale. Le récit de son aventure nous glaça d'éfroi. Que je sentis bien, dans cette occasion importante, combien j'aimais ce charmant infidèle ! J'étais si frapée du danger qu'il avait couru, que je doutais encore si c'était bien lui qui me parlait ; je le touchais pour m'en assurer. Tour-à-tour, je versais des larmes & témoignais une joie extravagante. Sylvina n'était pas moins affectée. Notre sensible hôtesse, malgré ses griefs, donnait aussi, de la meilleure foi du monde, des marques

d'un vif intérêt. D'Aiglemont ,
nous rendait , avec de charmans
transports , nos caresses empres-
sées. Nous lui fîmes jurer de ne
plus fréquenter les dangereuses
Italiennes. Ses regards passionnés
m'assuraient le plus éloquemment
du monde que j'allais être doré-
navant l'unique objet de ses hom-
mages. Je méritais en - éfet cette
préférence. Je valais assurément
mieux que les sœurs , quoiqu'elles
fussent très - bien : j'avais la première fraîcheur du plus beau prin-
temps ; susceptible de les égaler
un - jour dans leurs talens , j'en
avais beaucoup d'autres qui leur
manquaient ; mon éducation était
plus cultivée , j'avais plus d'usage
du monde , j'étais sur - tout plus ai-
sée à vivre. En un mot, je pouvais me flatter , sans orgueil , d'être
autant au - dessus d'Argentine , que
celle - ci me paraissait au - dessus
de sa sœur , quoiqu'au premier
coup - d'œil , il ne fût peut - être

pas aisé de remarquer entre nous, une si grande différence.

Le Chevalier, devenu sage, se borna donc à me faire la cour. Je n'aimais plus Géronimo. Le moment où l'on se souvient qu'il avait montré de la faiblesse, avait été celui de ma guérison. Les femmes détestent les poltrons ; eussent-ils d'ailleurs tout ce qui peut nous séduire, les braves leur sont toujours préférés avec moitié moins d'agrément. A plus forte raison, quand d'Aiglemont, aussi brave qu'aimable, voulait bien rentrer dans ses droits, le pusillanime Fiorelli n'était-il pas fait pour en conserver ?

Cependant quoique nous nous trouvassions tous parfaitement bien de notre nouvel arrangement, il dura peu. Monseigneur, qui connaissait l'impétuosité de son neveu, sa fragilité, sa confiance trop

généreuse, n'était pas sans inquiétude. Il tremblait que l'aimable
fou ne se raprochât des Italiennes,
ou que leur frère, disgracié, ne
leur jouât quelque tour ultramon-
tain. On murmurait d'ailleurs de
certains complots de la part des
bourgeois qui avaient été si bien
battus. Toute la ville en voulait
au Chevalier : il était sur-tout
abhorré chez le Préfident, quoiqu'on ne parlât pas ouvertement
des véritables griefs que cette famille pouvait avoir contre lui. En-
un-mot, Monseigneur, pour sa
propre tranquillité, pria son neveu
de se rendre promptement à la
maison paternelle, & promit de
le ramener à Paris sous peu; devant y retourner lui-même, pour
remercier la Cour d'une Abbaye
de vingt mille livres de rente dont
elle venait d'augmenter ses béné-
fices. Une courte absence fut la
seule condition que le meilleur
des oncles mît à l'engagement qu'il

prit, de son propre mouvement, de payer toutes les dettes de son neveu, & de lui donner par an deux mille écus. Cette convention était trop avantageuse pour mon bel ami, pour que je voulusse le retenir auprès de moi ; je fus la première à solliciter son éloigne‑ment. Il paraissait desespéré de me quitter. Je n'étais pas moins affligée. Nos adieux furent tristes & touchans. Il partit.

Dès-lors plus de plaisir pour nous. Le beau d'Aiglemont en était l'ame. Il en eût fait naître dans un désert. En‑vain les deux Of‑ficiers, conservés par Sylvina sur un pié d'égalité, qui me donna mauvaise opinion de leur délica‑tesse, commençaient d'avoir quel‑que lustre, n'étant plus éclipsés par d'Aiglemont ; ce que Sylvina trouvait excellent pour elle, ne me parut pas digne de moi ; ces amis commodes eurent beau me

II. Part.   F f

solliciter tous deux très-vivement,
ils ne réussirent point ; & ce fut
à leur grand étonnement que je
leur préférai notre charmant Prélat, qui, mécontent des écarts
de Sylvina & plus épris de moi
que jamais, à ce qu'il disait, s'é-
tait remis à me faire sa cour.

CHAPITRE XXX.

*Dénouement des grands événemens
de cette partie, & leur conclusion.*

LE Carnaval aprochait : j'esti-
mais Monseigneur ; je trouvais du
plaisir à le favoriser, mais je n'en
étais pas amoureuse. Sylvina ne
tenait à ses Officiers que par les
besoins excessifs de son tempérament. Nous nous ennuyions à périr
depuis le départ de d'Aiglemont.
Nous n'avions donc rien de mieux

à faire que de retourner au-plu-
tôt à Paris.

S A Grandeur aprit avec chagrin que nous fixions notre départ
au lendemain des nôces de Lambert & de Madame Dupré , qui
se concluaient à peu de jours de-
là , non sans nécessité , car depuis
que le futur était *du dernier bien*
avec la jolie veuve , (sans compter la passade du Chevalier ,) elle
ressentait tous les petits maux qui
caractérisent une grossesse. Ils se
mariaient donc ; nous en étions
fort aises ; mais c'était pour nous
une raison de plus de partir.

E N même-temps , comme si le
sort eût pris à-tâche de ne pas
nous laisser emporter de cette
ville , même un regret de curiosité , nous aprîmes que la sublime
Eléonore , malgré ses sermens ,
épousait enfin le Seigneur de la
Caffardiere (car à l'occasion de son

grand mariage , on obligeoit notre
dévot d'anoblir son nom , dont la
résonnance était ci - devant par
trop roturière , pour un homme
dont le grand - père avait été sé-
crétaire du Roi,) M. de la Caffardiere donc , épousait , parce
que la féconde Eléonore se trouvait de - même que la Dupré , dans
un cas fàcheux. L'épouseur , malgré les remontrances de sa mère
& les secrets importans qu'elle
lui avait enfin révélés , s'exécutait ,
par déférence pour un confesseur
fanatique qui l'ordonnait ainsi. Il
y avait d'autant plus de résignation entière dans le fait du pauvre
Caffardiere , qu'il n'avait jamais pu
savoir si c'était en - éfet dans les
bras de sa chère Eléonore qu'il
avait souillé son ame ; & que ,
pour surcroît , il se trouvait réduit à expier , dans le purgatoire
de Saint - Côme , une souillure
très - physique dont il était redevable...... à qui ? à Mademoiselle

Thérèse. C'avait été le point de vengeance de cette belle irritée. C'était à cela que se raportaient ces mots mystérieux que j'ai cités au chapitre sixiéme de cette partie. *Il passera par mes mains....... & s'en repentira.* Cette découverte nous donna aussi la solution de ce qu'elle avait dit d'obscur rélativement à Géronimo. *Ah ! si j'avais pu,* &c. On n'avait pas voulu traiter celui-ci qu'on aimait, comme ce vilain Caffardot dont on avait à se plain-dre ; cependant la pauvre Thérèse demeurait à-même de faire bien du mal à ses ennemis : ses amis étaient au-moins fort heureux qu'elle eût encore plus de probité que de tem-pérament; mais elle pouvait déro-ger. Nous l'aimions, nous en éti-ons parfaitement servies. La pitié que son état nous inspirait, ajou-tait encore à l'empressement que nous avions de nous rendre à la capitale. Monseigneur devait y re-venir d'abord après l'ennuyeuse

Ff 3

quinzaine de Pâques. Il consentit enfin à nous voir nous éloigner.

LAMBERT se maria : Monseigneur saisit cette occasion pour donner mille marques d'estime & de libéralité aux nouveaux époux. Ils nous accompagnèrent avec les Officiers de Sylvina jusqu'à un château, peu distant, & qui dépendait de l'Évêché. Monseigneur, qui avait les devans, nous y reçut à merveille. Enfin, après trois jours consacrés à fêter l'hymen, nous nous séparâmes, Sa Grandeur promettant de nous rejoindre bientôt, & le couple fortuné de soutenir dans tous les temps, avec nous, les liaisons d'une étroite amitié.

Fin de la seconde Partie.

TABLE

Des Chapitres de la première Partie.

Page.

TABLE

Des Chapitres de la seconde Partie.

Fin de la Table du premier Volume.

www.ingramcontent.com/pod-product-compliance
Lightning Source LLC
Chambersburg PA
CBHW051827020726
47502CB00005B/1671